오늘도 시골유학 중입니다

오늘도 시골유학 중입니다

초 판 1쇄 2023년 11월 13일

지은이 김하얀
펴낸이 류종렬

펴낸곳 미다스북스
본부장 임종익
편집장 이다경
책임진행 김가영, 신은서, 박유진, 윤가희, 윤서영, 이예나

등록 2001년 3월 21일 제2001-000040호
주소 서울시 마포구 양화로 133 서교타워 711호
전화 02) 322-7802~3
팩스 02) 6007-1845
블로그 http://blog.naver.com/midasbooks
전자주소 midasbooks@hanmail.net
페이스북 https://www.facebook.com/midasbooks425
인스타그램 https://www.instagram/midasbooks

© 김하얀, 미다스북스 2023, *Printed in Korea*.

ISBN 979-11-6910-126-4 03810

값 **20,000원**

미다스북스는 다음세대에게 필요한 지혜와 교양을 생각합니다.

오늘도 시골유학 중입니다

아이와 함께 성장하는 시골유학 이야기

김하얀 지음

우리 가족은 이곳에서 새로운 인생을 만났습니다!

미다스북스

나의 이야기가 당신에게
선택의 기회이기를

처음 목차를 구성하면서 머릿속에서는 30~40개 정도의 목차가 나오지 않을까 생각했었다. 쓰다 보니 50개가 넘는 목차가 나오면서 '내가 이렇게 할 말이 많았구나.' 알게 되었다.

1년의 시간을 담아보려고 3월에 책 쓰기를 시작했는데 2년 차 3월이 되자 작년과 다른 또 새로운 이야기들이 생겨났다. 새로운 활동들이 시작되면서 생각했던 내용들이 늘어나기도 했다. 처음 잡았던 구성들이 많이 달라졌다. 시골유학 생활을 하면 할수록 담고자 하는 내용이 많아졌다.

그리고 책을 쓰면서 또 하나의 고민이 있었다. '시골에서 살아보는 것은 여러분과 자녀의 인생을 풍요롭게 해줄 것입니다.'라는 이 상투적인 말을 어떻게 표현해야 많은 분께 나의 마음이 전달될까? '아이들에게는 시골유

5

학이 오히려 뒤처지는 것은 아닐까?' '부모님들에게는 시골 살기가 그저 좋기만 한 걸까?'에 대한 현실적인 이야기를 함께 전달해 드리고 싶었다.

책을 쓰면서 많은 분과 이야기를 나누며 무엇보다 가장 중요한 것은 공감이라고 생각했다. 시골유학에 대한 공감을 말하고 싶었다. 내가 경험한 것을 다른 사람들도 경험하고 있을 것이며, 고민하고 있을 것이고, 시골유학에서 발생하는 여러 일을 해결하며 살고 있을 것이라고.

모두가 많이들 경험하는 그 순간부터 함께 기록하고자 했다. 그 기록의 시작은 도시에서 고민하고 방법을 찾으려 했던 우리 가족의 시골유학 이야기를 담아보았다.

1장은 시골유학 시작 그 이전의 이야기로 되어있다. 고성에서 시작된 시골유학이 결국은 양양으로 바뀌었으며, 왜 양양이 되었는지, 그 과정은 어떠했는지 이야기를 드리고 싶었다. 실패의 시간도 맛보았다. 그 실패가 결국은 다시 시골유학을 오게 만들었다. 한 3여 년이 걸린 것 같았다.

어쩌면 너무 어렵게 돌아온 것은 아닌가 생각이 들었다. 그러나 그 과정 또한 인생 경험으로 남아 있을 것이라고 생각한다. 시골유학을 온 엄마들과 이야기를 나누다 보니 나만큼 어렵게 시골유학을 온 집도 별로 없는 것 같았다. 앞으로 시골유학을 준비하는 분들이 우리 가족보다는 어렵지 않은 방법으로 시작할 수 있겠구나 싶었다.

2장에서는 시골유학을 시작하면서 지금까지의 경험을 이야기해 보려고 했다. 시골유학을 오면서 블로그에 올렸던 나의 기록을 다시 보기도 하고 여기저기 적어둔 메모들을 조합해 보았다. 우리 가족이 1년간 참 재미있게 살았다고 생각했다. 2년 차를 또 재미있게 보내면서 글을 쓰고 있지만 나의 이야기는 어쩌면 이제 시작일지도 모른다는 느낌이 들었다.

아이들의 학교에서 생기는 이야기들로 구성해 보았다. 2장의 구성이 가장 많이 들어가 있지만 더 많이 넣고 싶은 걸 뺀 부분이기도 하다. 도시에서 전혀 할 수 없는 시골 공교육은 해외 유학 프로그램과 비교해서 크게 다르지 않다. 찰리 체리를 통해서 얼마큼 다양한 학교생활을 하고 있는지 보여드리고 싶었다.

3장은 학교 밖의 생활 이야기로 넣어 보았다. 아이들을 시골 학교 보내기 위해서 왔는데 학교가 아닌 다른 활동들도 시골유학을 더 풍성하게 만들어 주고 있다. 또한 부모님들이 인생 공부하고 있는 부분들이 꽤 많았다. 독자분들께서 도시에서 경험하지 못했던 시골 이야기를 재미있게 읽어주시면서 '나도 경험하고 싶다.' 생각이 드시면 좋겠다.

4장에서는 시골에 아이들을 위해 왔다고 했지만 사실은 진짜 새로운 배움을 하는 것은 부모님들이라고 말하고 싶었다. 우리 세대는 다들 공부만이 길이라고 배웠다. 집, 학교, 학원의 생활만이 전부였던 부모들이 경험하는 시골유학은 어떤 부분들이 있는지 알려드리고 싶었다. 시골유학을 해보니 아이들보다 경험치가 더 부족한 것은 나였다는 생각이 들었다.

또 하나의 반전으로 시골이라고 모든 것이 다 좋은 것은 아니라는 것이다. 시골이라 하면 자연이라고 생각하는 경우가 많다. 자연에서 배우는 것만큼 자연 밖의 신문물은 경험이 부족해지기 마련이다. 도시를 경험해 보았기 때문에 비교가 되는 생활들은 어쩔 수가 없다. 나의 선택에 따르는 또 다른 희생이 필요한 것이다. 모든 것이 다 좋을 수는 없지만 불편한 상황들을 경험하면서도 왜 시골유학을 하고 있는지 알려드리고 싶었다.

5장에서는 준비하면서 벌써 지쳐버리게 되는 시골유학 준비 과정 이야기를 적어보았다. 조금이나마 도움이 되고자 시골유학 집과 학교의 선택 방법에 관한 이야기도 담아보았다. 시골유학 준비 과정에 정답은 없다. 하지만 각 가정의 상황과 자녀의 성향을 고려하여 가장 잘 맞는 시골유학 방법이 무엇인지 고민해 보신다면 조금 더 선택이 수월할 것이다.

그리고 마지막으로 도시에서 온 엄마들과 자연스럽게 나눈 수다를 담아보았다. 도시 있을 때 엄마들과 나누던 이야기가 아니었다. 시골유학 엄마들만의 다른 고민을, 다른 이야기를 하는 우리가 너무 재미있다는 생각이 들었다.

그 이야기를 마지막으로 시골유학의 현장 소리를 들려드리고 본 책에는 아이들의 활동사진과 유튜브 또는 인스타 링크도 함께 보여드리며 어떤 생활을 실제로 하는지 보여드리고 싶었다.

도시에서 불안한 마음으로 살아보니 시골유학이라는 새로운 단어가 눈에 들어오기도 한다. 시골유학이라는 것이 좋다는 것은 누가 생각해도 알고 있다. 쉬운 과정은 아니었지만 나도 시골유학을 왔고, 내 주변에도 다들 오시는 것을 보면 못할 것도 아니다. 단지 아직 정보가 많지 않아서 시골유학의 과정이 만만치 않게 느껴졌던 것 같다.

나의 이야기를 블로그에 올릴 때마다 가끔 개인 사정과 고민을 비밀댓글로 올려주시는 분들이 계셨다. 결국 나와 비슷한 고민의 과정을 물어보셨다. 댓글들을 보면서 '언젠가 나의 이야기를 한번 하자. 그것이 도움이 되면 좋겠다.' 생각하고 있었다. 부족하지만 이 책의 어느 한 부분이라도 시골유학을 준비하시는 분들께 도움이 되었으면 하는 바람이 든다.

가을의 시골유학을 즐기고 있는
찰리 체리와 김하얀 올림

잘리 체리와 엄마아빠가 함께 만든 바닷가 두꺼비집

프롤로그 나의 이야기가 당신에게 선택의 기회이기를   005

1장

인생에 모든 것이 씨앗이 되길

주말에만 얼굴을 보여주던 아빠   019

도시에서 채울 수 없던 것을 찾았다   024

용기만 좋았지   028

시골유학의 차선책을 궁리하다   036

좀 돌아가면 어때?   039

인생은 변화의 연속, 선택의 연속   043

2장

학교를 못 가면 큰일 나지

너희는 선생님이 많아 좋겠다   051

자전거와 인라인을 학교에서 배운다고?   056

어린이날은 뛰어 놀아야 어린이날이지   064

공부는 학교에서 끝내고 오자   069

너희가 너무 대견해   074

학교에만 있어도 다양한 문화생활이 가능하다고?   078

1년의 시간 흐름을 배우다   082

야! 너 나무 타봤어?   089

양양은 서핑이지, 학교에서 함께하지   093

교육비가 0원이다   101

작년과 또 달라진 시골 학교   105

우리 수업은 우리가 기획할게요!   111

시골유학 슬기로운 방학생활   116

3장

시골에서는 모든 게 다 교육이야

양양군민이 모두 즐기는 음악회   125

지역축제가 곧 배움이다   131

과학경진대회에서 상을 받다   134

여기서 체육인으로 키울 거야?   139

이런 기회는 하늘이 내려주시는 건가?   143

양양 바다 즐기는 방법   147

양양에서만 누리는 호화여행   156

옆 학교의 행사도 동네 마을 잔치같이   161

전통을 지키시려는 어른들의 마음   166

4장

시골유학에도 반전이 있어

좋은 부모 프레임을 갖게 되다   175

아이들이 학교 가면 엄마는 무엇을 할까?   182

여기까지 왔는데? 할 건 다 해보자   189

병원 가는 게 이렇게 힘든 일이라니   195

내 아이의 친구는 어디에 있을까?   201

도대체 엄마표는 어디까지 해줘야 하는 거야?   206

5학년인데 공부는 언제 하니?   209

나도 힘든 날이 있더라   213

5장

그래! 시골유학 가기로 결심했어!

시골유학 막막해요, 어디서부터 시작하나요?   221

우리는 이사가 불가능해요   228

시골학교는 상담할 수 있어요   235

내 아이와 가장 잘 어울리는 곳을 찾아라!   241

한 학년에 4명 이상은 무슨 말이죠?   245

최종 선택을 위해 한 번쯤 학교에 갑시다   248

시골유학, 집이 먼저 VS 학교가 먼저   250

인터뷰

엄마들의 이야기

에피소드#1 양양 유학 온 엄마들의 최대 적은?   255

에피소드#2 돈이 없어서가 아니라 시간이 없어서 누리지 못하는 것들   262

에피소드#3 이렇게 힘든데도 시골유학 하는 거야?   269

에피소드#4 인생이 내 마음대로 되나요?   276

에피소드#5 어떤 점이 좋아서 고민하게 되는 걸까?   282

에필로그 인생의 선택에는 기회비용이 따른다   291

1장

인생에
모든 것이
씨앗이
되길

우리는 시골유학을 2년 계획하고 왔다. 벌써 한 계절만 보내면 2년이 된다. 찰리 체리

와 나와 신랑의 인생에서 시골유학이라는 단어가 이렇게 크게 영향을 미칠 것이라 생

각 못했다. 그런데 벌써 그 2년이 흘러가고 또 고민을 하고 있다. 누구나 인생에 고민

과 굴곡이 함께 존재하리라 생각한다. 양양에서의 삶의 굴곡은 차이가 조금씩 줄어드

는 느낌이다. 시골유학은 우리 가족에게 새로운 인생의 눈을 뜨게 해주고 있었다.

주말에만
얼굴을 보여주던
아빠

째깍째깍 12시! 땡!

"오늘도 또 12시가 넘었어."

찰리 체리 아빠가 도시에 살 때 퇴근시간이었다. 서울에서 인천까지 다니는 출퇴근 거리는 만만치 않았다. 거리가 멀기도 했지만 일이 많기도 했고 늦어지는 날들이 다반사였다.

아이들이 어렸을 때 휴가도 마음대로 정하기 어려웠다. 아이들과 여행을 가고 싶다면 내 역할이 좀 많이 커지곤 했다. 내가 애 둘을 데리고 갈 수 있는 만큼 여행지를 잡고, 신랑은 금요일 퇴근을 하면서 내가 정한 숙소로 오는 여행 일정이었다.

그나마 주말여행이라도 있으면 금요일은 칼같이 퇴근하고 나오지만, 특별한 일정이 없는 주말이라면 금요일도 12시가 넘어야 오는 날들이 수두룩했다. 아이들이 토요일 눈을 떠서 아빠를 만나고, 아빠와 함께 보내는 시간이 주말만 허락되었다.

어쩌다 하루 근무가 끝나자마자 집에 오더라도 8시가 넘었다. 아이들과 함께 할 수 있는 시간이 턱없이 부족했다. 아이들은 엄마만 있으면 되는 아이들로 자라는 것 같았다. 주말에 아빠가 나가자고 해도 엄마가 안 나가면 아이들도 나가지 않겠다고 실랑이를 벌였다.

"아빠랑 나가서 자전거 타고 놀러 갈 사람?"
"엄마도 나가?"
"엄마는 할 일이 있어서 못 나가. 아빠랑 같이 나갈 사람?"
"엄마도 같이 나가면 갈래요."

신랑은 결국 나에게 와서 같이 나가자고 짜증 섞인 목소리로 말했다.
"저 봐. 내가 나가자고 해도 애들은 나가지도 않아. 당신이 같이 나가야지 애들도 같이 나가지. 빨리 같이 나가."

신랑이 주말은 아이들을 책임져 주겠다고 마음을 먹어도 아이들이 결국 엄마를 원했다. 신랑은 피곤해도 집 앞 공원이라도 나가려고 노력하는 모습을 보였지만 아이들의 반응에 상처받는 날들이 늘어났다. 4명이 항상 함께하기에는 내가 힘에 부쳤다. 나에게도 쉼이 필요하곤 했다.

'주 5일 아이들과 생활하는데 주말 잠깐이라도 나 없이 셋이 있으면 안 되나?'

신랑은 아이들과 넷이 함께하고 싶다했다. 나는 나를 빼고 셋이 함께하길 원했는데 가족의 평화를 위해서라면 내가 더 많이 움직이고 함께하는 것이 최고의 방법이었다.

그래서 내가 선택한 방법은 나 혼자 아이들을 데리고 어디론가 여행지에 가 있는 것이었다. 금요일 밤이면 신랑이 합류하는 여행이 시작되었다. 아빠가 합류하는 여행이 반복될수록 내 머릿속에는 시골유학이 스며들었다. 그리고 강원도 고성의 여행에서 시골유학이 우리가족에게 가능한지 알아보기 시작했다.

고성을 가면서 보았던 울산바위

도시에서
채울 수 없던 것을
찾았다

가끔은 '왜 우리 찰리는 놀아도 만족하지 못하는 것일까?' 하는 생각이 들었다. 시골유학을 와서 보니 찰리의 체력이 정말 좋다는 사실을 알게 되었다. 그리고 열이 많은 아이라는 사실도 함께 알게 되었다. 저 체력을 가지고 도시에서 놀다 보니 에너지가 발산되지 않았던 것이다.

친구들과 얼음땡을 하더라도 찰리랑 같이하면 아이들이 힘들다고 하나둘씩 그만두기 일쑤였다. 찰리는 만족할 만한 놀이를 못했던 것 같고 그 나머지를 채워주기 위해 나와 우리 신랑이 대신해야 했다. 엄마 아빠가 나머지를 다 채워주기에는 나의 체력이 부족했다. 힘이 들다 보니 아이들에게 다시 짜증을 내게 되는 이상한 패턴이 반복되어 갔다.

평일 아빠의 부재와 아이의 에너지 발산 문제를 풀고자 내가 선택한

24

방법은 여행이었다. 고성의 겨울여행에서 나는 새롭게 발견한 것들이 있었다. 찰리도 기다릴 줄 안다는 것과, 기다리면서 행복해하는 표정을 짓는다는 것이었다.

"찰리야, 너무 추워. 바다에는 들어가면 안 되고 그냥 보기만 하자."
"응 엄마. 파도 보고 있으면 너무 좋아. 파도 따라서 뛰어다니면 너무 재밌어."

파도를 한참 바라보기도 하고, 파도의 움직임에 맞춰서 경중경중 뛰어다니기도 하는 찰리를 보았다. 처음에는 춥지 않을까 걱정이었는데 한참을 보고 있으니 우리 아이의 얼굴에서 행복하다는 표정을 읽을 수가 있었다.
찰리와 함께 체리도 뛰어 다니기도 하고, 그림그리기를 좋아하는 체리는 넓은 도화지에 그림 그리듯 모래 그림을 그리며 좋다고 했다. 그 순간 사실 나의 시골유학은 정해진 것이나 다름없었다. 아이들의 표정이 이렇게 좋은데 내가 무엇을 더 고민할 게 있을까 싶었다.

출발할 때만 해도 겨울여행이라 할 일이 없으면 어떻게 하나 걱정이었는데 그럴 필요가 없었다. 매일 하루 2시간씩 바다에 나가서 뛰어놀다 들어왔다. 박물관에도 가고, 피자 체험도 가고, 리조트 행사도 참여해 보고, 하루 일정의 끝은 결국 바다였다. 항상 예민하다고만 생각했던 찰리가 바다를 보면서 웃는 얼굴에는 여유가 느껴졌다.

겨울바다는 온몸에 까만 패딩으로 무장하고 잠시 커피 한잔과 함께 바라보아야 좋은 거 아닌가 하는 내 생각이 틀렸음을 알았다. 그리고 동해의 겨울바다는 생각보다 춥지 않다는 사실도 알았다.

아토피가 심한 체리도 바다에서 모래놀이만큼은 아프다는 소리 없이 하고 있었다. 타고난 기질이 움직여야 하는 찰리와, 중증 아토피를 앓고 있는 체리에게 다른 것보다 뛰어놀고 편하게 잘 수 있는 곳이라면 와야 한다는 결심이 들었다.

고성바다를 보고 있던 아이들에게서 도시에서 못 보았던 여유로움에 놀랐다. 나는 아이들의 얼굴에 미소를 보고 내 궁금증에 대한 답을 찾았다. 그렇게 나와 신랑은 한 번도 떠나본 적 없는 도시를 떠나 시골에서 아이를 키워보기로 마음먹게 되었다.

바다를 한참 보고 있는 찰리

용기만
좋았지

결정하고 고성에서 머무르는 동안 바로 학교를 알아보기 시작했다. 나의 여행계획은 처음에는 하루 한 가지만 느리게 살기를 목표로 여행을 왔다. 여행 3일 차에 여행의 목적이 달라졌다. 고성 여행 중에 학교 상담하기로 목표를 바꾸었다.

다행히도 내가 머물고 있던 숙소의 사장님이 마침 아이와 시골유학 중이었다. 사장님을 통해서 많은 정보를 얻을 수 있었고, 밤이면 아이들을 재우고 다음 날의 일정을 바꿔가며 학교 상담을 시작하였다.

처음에는 초등학교를 상담을 하러 간다는 것이 무엇인지 몰라서 쭈뼛거리게 되기도 했다. 일주일의 여행에서 남편은 3일만 있게 되었다. 시골유학을 결심한 바다에서 바로 같이 학교를 갔던 것을 빼면 모든 결정은 내 몫이 되었던 것이다.

'학교 상담을 가서 어떤 걸 묻지?'
'상담 왔다고 이상한 엄마 취급 받으면 어떡하지?'
'상담을 하면서 내가 학교에 대해 잘 알 수 있을까?'
'상담 자체를 거절하면 어떡하지?'
'시골 작은 학교가 좋다고 소문났는데 현실이랑 다르면 어떡하지?'

상담 전화를 돌리기 전부터 살짝 걱정이 앞서기도 했다. 우선 전화라도 해서 어떤 말씀을 하시는지 들어보려 했다. 고성에 있는 학교들을 검색해서 내가 쉽게 갈 수 있는 거리의 학교부터 연락을 돌려보았다. 033 번호를 누르면서도 머리에서 오만 가지 생각이 나기도 했다.

"안녕하세요. 저 학교 전학 때문에 상담을 하고 싶은데요."
"아~ 네! 혹시 어디에서 오시나요?"
"인천이에요."
"네~ 서쪽 끝에서 동쪽까지 오시는군요~ 언제 이사 예정이신가요?"
여기서 말문이 딱 막혀버렸다. 내가 아직 예상되는 일정도 없이 무턱대고 전화부터 돌리고 있구나 싶었다.

"아직 집은 정리가 되지 않아서요. 우선 학교 상담을 좀 받고 준비를 해보고 싶어서요."

"그럼 아직 고성 쪽에도 오실 집을 못 구하신 거네요?"

"네. ○○초등학교가 좋다고 들어서 아이를 전학시키고 싶은데 무엇부터 해야 하는지 전혀 몰라서 먼저 전화부터 드려봤어요."

"그러시면 우선 한번 방문해서 보시면 어떠세요?"

"네~ 저 지금도 갈 수 있어요. 선생님 편한 시간에 상담 가도록 할게요."

나의 첫 상담은 그렇게 시작되었다. 상담하는 동안에 미리 다과도 준비해 주시고 친절하게 안내해 주셔서 상담에 대한 부담감이 확 줄어들었다. 그러나 너무 정보가 없이 온 탓일까? 몇 가지 질문을 하지도 않은 것 같은데 더 이상 물어볼 말이 없었다.

더 궁금한 것이 있으면 물어보시라는 교감 선생님의 말씀에 이왕 상담 온 거 하나라도 더 물어봐야 할 것 같은 느낌이었다. 질문을 막 쥐어 짜내듯이 더 여쭤보고 첫 상담이 마무리되었다. 상담하면서 느꼈다. 학교에 상담을 오려면 최소한의 정보는 좀 알고 있어야 한다는 생각이 들었다.

어떤 활동을 주로 하고 방과 후 활동이나 특별활동은 무엇을 하는지,

학생 구성이나 학교 규모 등 기본적인 학교 정보를 알고 상담해야겠다고 생각했다. 무엇보다 아이들 전학하는 학교에 해당하는 주소가 어디인지는 알아야 했다. 그래야 집을 구하는 데도 도움이 된다는 것을 상담하면서 알게 되었다.

그렇게 고성 일주일 살기를 하는 동안에 나는 아이들과 3곳의 학교를 방문하여 상담하였다. 학교마다 조금씩 중점을 두는 교육이 다르다는 것도 알게 되었다.

학교 상담을 하면서 나는 더 확고하게 시골유학을 하겠다고 신랑과 의논하게 되었다. 신랑은 서울에서 회사에 다니고, 우리는 고성에서 생활하며 주말부부로 지내는 것에 흔쾌히 동의했다. 무엇보다 찰리 체리가 좋아하는 모습을 함께 봤기에 신랑도 고성으로 가는 것에 적극적으로 동의해 주었다.

나는 집에 도착하자마자 부동산에 연락했다. 그리고 동시에 고성 집도 알아보는 것이 진행되었다. 문제는 내가 너무 쉽게 생각하고 진행했던 것이 아니었나 싶었다.

살고 있는 집을 내놓기만 하면 바로 누군가는 계약하자고 연락이 올 것으로 생각했다. 그러나 일주일이 지나고 이주일이 지나도 아무 연락이 오지 않았다.

보름이 지나는 동안 마음이 점점 타들어 가는 것 같았다. 이번에 결정했으니까 가야 하는데 왜 안 되는지 하늘이 원망스러운 날들도 있었다. 그리고 지금 마음먹었을 때 못 가면 평생 다시는 못 갈 것 같다고 생각했었다.

그러나 또 다른 문제는 전학 가려는 학교 학군에 해당하는 집을 구하는 것이 더 어려운 일이라는 것을 알았다. 시골유학을 하러 가는데 아파트로 가는 것은 답이 아니라며 주택만 보고 있었다. 시골에서 주택 매매나 전세가 도시 같지 않다는 사실도 모른 채 혼자 마음먹으면 이루어지는 줄 알았다. 여러 가지 부분을 너무 쉽게 생각했었다.

내가 40여 년을 살던 곳을 떠나서 새로운 지역에 터를 잡는데 그 지역에 대한 정보가 너무 부족했다. 내가 마음만 먹고 가면 되는 줄 알았다.

2월 20일쯤 되고 나는 결국 시골유학을 포기하게 되었다. 3월이 되고, 배정된 학교에 보내고 나서야 시골유학은 진짜 끝났다고 마음을 접게 되었다. 지금 생각해보면 너무 터무니없이 준비하려고 했었던 것 같다.

먼저 학교에 대한 정보도, 지역에 대한 정보도, 지역에서 집을 구하는 방법도 모르고 시골을 가려고 했다. 여행 갔다가 '시골유학 갈래!' 한다고 갈 수 있는 것이 아니었다. 계획했던 것들이 무너지니까 한동안 회복되지 않는 기분이었다.

다시 일상 생활에 적응하면서 나는 가만히 있지 않았다. 시골유학 못 간 것을 조금이라도 느껴보고자 여러 가지 방법을 마련하기 시작했고, 2가지의 방법을 생각해 내었다.

시골유학의
차선책을
궁리하다

찰리가 1학년에 입학하고 봄이 지날 무렵 담임선생님과 상담했다. 내가 고민했던 차선책을 의논드리기 위해 상담 요청을 드렸다.

"선생님, 알아보니 학교의 교환학생이라는 제도가 있던데 찰리를 교환학생 한번 신청해 봐도 될까요?"

"어머니~ 어머니께서 말씀해 주신 부분에 대해 저도 고민을 많이 해보았어요. 한 달 정도 찰리를 데리고 어느 지역으로 가시려고요? 특별한 이유가 있으신가요?"

"강원도 고성 쪽으로 생각하고 있어요. 시골의 작은 학교를 다녀보게 하고 싶어요. 전학하면 좋겠지만 지금 바로 이사를 하고 전학시키기에는 시간이 부족해서 한 달만 다녀보고 적응하면 그때 가볼까 해요."

"교환학생이 체험의 기준으로 보면 좋을 수도 있지만 저는 적극적으로 가시라고 하기에는 어려울 것 같아요. 더 고민해 보셨으면 해요. 무엇보다 찰리가 1학년 들어와서 너무 잘 지내고 있는데 갑자기 한 달을 갔다가 왔을 때 여기서 또다시 적응해야 하잖아요. 그리고 교환학생을 받아주는 학교도 직접 알아보셔야 할 거예요. 모든 학교가 다 가능하지 않은 것으로 알고 있어요."

선생님 말씀이 맞았다. 교환학생을 받아주는 학교의 입장도 학교마다 다 달랐다. 그곳에 있는 친구들이 새로 오고 가는 친구들과 헤어짐도 쉬운 문제가 아니었다. 학교에 교환학생으로 갔다가 갑자기 도시로 오지 않겠다고 한다거나, 왔는데 적응 못하면 어떡하나 하는 새로운 걱정거리가 생겼다. 무엇보다 찰리가 학교생활을 그럭저럭 잘하고 있었다. 결국 나는 교환학생이라는 차선책은 포기하였다.

두 번째로 생각한 차선책은 방학 때마다 강원도 일주일 살기를 하는 것이었다. 찰리 체리는 방학이 되면 일주일 또는 열흘씩 고성과 양양의 바다를 누비고 다녔다.

여름 바다를 가면 열심히 모래를 파던 찰리의 모습과 아토피가 있어도 바다 들어가는 것이 괜찮다는 체리는 신나는 여름을 보냈다. 우리의 두 번째 차선책은 찰리 체리가 초등학교를 졸업할 때까지 계속될 것으로 생각했다. 아쉬운 선택이지만 조금이나마 아이들이 숨 쉬는 구멍을 만들어준 것 같았다.

좀
돌아가면
어때?

　일주일 살기로 2번의 방학을 보내고, 한 달 살기 세부 여행까지 끝나고 돌아왔을 때 우리는 코로나에 마주쳤다. 찰리가 2학년에 올라가고, 체리가 1학년에 입학해야 하는데 3월이 되어도 4월이 되어도 아이들은 학교에 갈 수가 없었다.

　학교에 가는 날이 미루어질수록 머릿속에 바다에서 뛰어놀던 아이들의 모습이 떠올랐다. '학교를 못 가더라도 고성에 있었으면 애들 데리고 바다라도 나갈 수 있었을까?' 생각이 멈추지 않았다.

　아이들과 집에 있는 시간이 길어지자 육아 카페를 들락날락거리면서 다른 사람들의 일상이 궁금했다. 코로나가 길어져서 1년만 시골행을 결정했다는 카페 글을 보았다. '내가 먼저 저런 글을 올렸어야 했는데… 나는 아직도 여기 있는데….' 마음을 접었다고 생각했던 나는 계속 시골유학행을 떠올렸다.

　체리의 1학년은 1년 동안 몇 번 가지도 못하고 2학년으로 올라갔다. 찰리는 체리보다 학교에 가는 날이 훨씬 적었다. 3학년이 되었는데 주 2회로 학교에 가게 되었다. 2년을 제대로 학교도 못 다니고 올라가는 느낌이었다.

　학교 가는 횟수가 조금 늘어남에 따라 코로나 확진자가 늘기 시작했다. 3학년 겨울이 시작될 쯤 찰리네 반에서 확진자가 나왔다. 그 당시에 코로나 확진자가 있다고 하면, 반 전체가 검사하고 10일씩 격리를 해야했다.

　처음 격리하던 날, 아이를 혼자 안방에 두고 베란다 창문을 통해서 잘 지내는지 확인했다. 혼자 화장실을 사용하라고 안방을 내주었다. 과연 3학년 아이를 혼자 두는 것이 괜찮은 건지 의심이 들면서도 당시에는 달리 방법이 없었다. 찰리가 열흘이라는 시간을 혼자 보내게 했다. 베란다 창문 넘어서 아이를 보던 나는 시골유학을 다시 준비하기로 마음먹었다.

　격리가 끝나는 날, 고민을 행동으로 옮겼다. 고성의 학교들을 다시 찾기 시작했다. 3년이라는 시간 동안 고성의 학교들은 많은 변화가 있었다. 50여 명의 작은 학교가 100명이 넘는 작지 않은 학교로 바뀌기도 했고, 발도르프로 유명했던 학교는 일반 작은 시골 학교로 자리 잡기도 했다. 내가 3년 전에 찰리 체리를 보내려고 했던 학교도 상황이 달라졌다. 고성의 학교로 알아보다가 양양까지 더 지역을 확대해서 찾아보게 되었다.

약 열 곳의 전화 상담과 일곱 곳의 방문 상담을 통해서 최종 두 곳의 학교를 정했다. 상담을 받는 동안에는 찰리 체리와 함께 다녔다.

"너희들이 다니게 될 학교를 정하는 거야. 엄마랑 같이 보고 어떤 학교가 가장 너희 마음에 드는지 생각해 봐."

다시 집으로 돌아와 아이들과 함께 고민하는 시간이 되었다. 확실한 결정을 못 내리던 어느 날, 찰리네 반에 또 한 번 확진된 친구가 나왔다. 찰리는 격리가 된 지 3주 만에 다시 격리에 들어갔다. 격리하는 동안 시골유학은 결정되었다.

정확히 기억나지 않지만 격리를 시키던 날, 바로 시골유학행을 결정했던 것 같다. '찰리가 격리만 끝나면 바로 다시 데리고 가서 집부터 무조건 알아보러 가야겠다.' 그러면서도 아이가 곧 4학년이 되는데 너무 늦은 건 아닐까 생각이 들었다. 이제 제대로 공부가 시작되는 나이인데 4학년을 데리고 가도 될까 하는 고민도 많았다. 고민하던 나에게 신랑이 이야기했다.

"4학년이니까 고민도 하는 거야. 찰리가 5학년이면 고민도 안 했을지
도 몰라. 고민되면 그냥 한번 가보는 것도 괜찮지 않아?"
  신랑의 말에 더 용기를 내어 보았다.

'결국 3년 만에 가긴 하는구나. 찰리 1학년 때 못 가서 우리 가족에게
시골유학은 없을 줄 알았는데… 많이 돌아온 것 같다. 그래, 좀 돌아가면
어때? 결국 시골유학을 가게 되었잖아!'

인생은
변화의 연속,
선택의 연속

찰리 체리에게 물었다.

"찰리 체리야, 너희는 왜 양양에 온다고 했어?"

"엄마가 가자고 해서 난 왔지~"

"엄마가 너희들이랑 같이 학교도 알아보고 너희가 같이 다녔을 때 가장 다니고 싶어 하는 학교로 선택한 거 아니었어?"

"그렇긴 한데. 양양에 오자고 한 건 엄마였어. 그리고 그냥 좋아 보였어."

시골유학을 선택하는 많은 부분이 물론 우리 부부의 결정이었다. 그러나 과정에서 아이들을 참여시키려고 하였고, 최종 선택은 아이들이라고 생각했었다. 나와 신랑은 지원자로서 역할을 하면 된다고 생각했다.

찰리 체리는 선택에 있어서 본인들이 했다고 생각하지는 않는 것 같았다. 선택함에 있어서 아이들의 의견이 조금이라도 들어갔기에 우리들의 시골유학은 우리 가족이 결정한 것이라고 이야기했다.

내가 고성에서 갑자기 양양으로 방향을 바꾸어 선택하게 되었다. 그리고 내가 양양에 온 뒤 6개월이 지나고 나의 친한 친구가 가족들을 데리고 내 옆으로 오게 되었다. 시골유학을 하면서 결정해야 할 사항들을 앞으로의 인생과 연결 지어 생각하는 것들이 많았다. 양양에 언제까지 있게 될지 모른다는 전제가 깔린 것 같았다.

친구와 이야기를 나누다가 갑자기 깔깔거리며 웃었던 날이 있었다.

"우리 2년 전만 해도 송도에서 둘이 브런치를 먹으면서 웃었는데, 지금 양양에서 낮에 국수 먹으면서 이런 이야기하고 있을 줄 알았나?"

"야, 진짜 몰랐지. 2년 전에는 내가 여기 오게 될 줄도 몰랐어. 시골유학을 간다면 난 고성으로만 갈 거라고 생각했지. 양양은 생각도 못 했었지."

"근데 우리 지금 양양에서 생활하고 있잖아~"

인생은 정말 알 수가 없는 것 같았다. 내가 시골유학을 결정했을 때 양가 부모님께서 걱정도 많이 하셨고 꼭 가야 하냐고도 하셨다. 자식들이 힘든 길을 가는 것처럼 보이셨을 것 같다.

어느 정도 시간이 흐르고 나에게 아이들과 왜 양양을 선택했냐고 묻는 분이 계셨다. 양양에서의 생활을 다시 되돌아보게 되었다. 난 과연 어떤 느낌으로 양양을 선택했고, 어떤 환경에서 살아가고 있는지 생각해 보았다.

"양양이 시골이라서 도시에서 세상을 좁게 볼 수 있는 곳으로 잠시 온다고 생각했어요. 그런데 와서 보니 내가 살던 곳이 개구리 우물 안이었어요. 도시는 거의 대부분이 어느 일정한 틀에 박혀서 생활하잖아요. 양양에서의 생활은 틀을 벗어나는 느낌이에요. 그 느낌으로 아이들이 이곳에서 자라났으면 해요."

낙산사에서 일출을 함께하다

2장

학교를
못 가면
큰일
나지

4년 동안 시골유학을 마치고 전국단위 사립 중학교에 보낸 언니와 이야기할 일이 있

었다. "그때 초등학교에서 했던 거 그대로 하고 있어, 달라진 점은 돈이 나간다는 거야.

때 되면 '띠롱' 하고 아이 교육비 관련 문자 받고 헉 소리 나는 거지." 찰리 체리는 사립

학교 교육 같은, 때로는 대안학교 교육 같은 대한민국 시골학교를 다니고 있다. 시골의

작은 학교라면 조금씩 차이가 발생하겠지만 큰 틀은 비슷할 것이라고 생각된다.

너희는
선생님이
많아 좋겠다

예전에 시골유학에 관한 자료를 찾다가 알게 된 책이 있었다. 박찬영 작가님의 『작은 학교의 힘』이라는 책이다. 책의 많은 부분들이 내가 경험한 부분들과 일치하는 것들을 알 수 있었다. 모두 '한 명의 아이를 키우기 위해 온 마을이 필요하다.'라는 말을 알고 있을 것이다. 시골의 작은 학교는 이 말을 증명해 주고 있었다.

『작은 학교의 힘』에 나오는 소제목을 우리 아이들은 모두 경험하고 있었다. '마음만큼은 여유로운 시골 마을의 어른들', '모두가 가족인 마을에서 사랑으로 자라는 아이들', '동네 사람들의 땀과 노력이 깃든 학교' 등 제목처럼 아이들은 학교에서만 배우는 것이 아니라 마을에서 함께 자라고 있었다.

3월이 되고 아이들은 정말 다양한 활동을 했다. 학교에서 별걸 다 한다는 소리가 나올 정도로 했다. 그중에서도 학교 주변의 자연을 이용한 활동들이 시작되었다. 누군가의 도움이 없다면 힘들 것 같은 체험 수업이었다. 학교에 블루베리 나무를 심는다고 하셨다.

'시골 작은 학교 선생님들은 나무도 심을 줄 알아야 하고 땅도 파실 수 있으셔야 하겠네…'

생각과 달리 나무 심기를 도와주신 분들은 마을 어르신들이었다. 농사가 시작되는 바쁜 시기라고 하셨다. 그래도 아이들을 위해서 학교에 오셔서 땅 파기와 나무 심기를 도와주셨다. 여름이 시작될 무렵 아이들은 튼튼하게 자라난 블루베리를 여름 과일로 맛있게 먹기도 하였다.

솔잎 긁기를 하는 어느 날이었다. 이날도 어김없이 마을 어르신들이 솔잎 긁기를 함께해 주셨다. 참고로 솔잎을 왜 모아야 하는지 아이들의 활동을 통해서 알게 되었다. 아이들과 함께 자연에 대해 나도 새롭게 배워가는 날들이 많았다. 솔잎 긁기를 하던 날도 전교생과 선생님 그리고 어르신들이 함께해주셔서 엄청난 솔잎을 모을 수가 있었다.

'우리 아이들은 마을 어르신들의 사랑과 보살핌으로 여러 가지 활동을 하고 있구나.'

그리고 아이들은 받기만 하지 않았다. 어린이날이 되기 며칠 전, 전교생이 나와서 모두 쑥을 뜯는 활동을 하였다. 학교 안에 있는 쑥들은 진정한 자연산 무공해였다. 매일 보던 쑥을 뜯어서 조리사님들께서 삶아서 냉동실에 보관해 두셨다. 행사 전날 녹여서 방앗간에서 직접 만들어 주신 쑥떡이다.

개인적으로 쑥떡을 좋아하지 않았다. 아이들이 함께해서 그런지 그날의 쑥떡은 내 인생 최고의 쑥떡이 되었다. 쑥 향이 그리 좋은 것을 처음 알았다. 아마도 그냥 나온 떡이 아니라 아이들이 함께한 과정들을 알기에 떡이 더 맛있게 느껴진 것 같았다. 이 떡은 어린이날 행사에 맞춰 만들어졌다. 어린이날에는 학교 근처에 계시는 어르신들께 나누어 드리는 것을 보게 되었다.

도움을 받고 기쁨을 드리기도 하는 시골의 작은 학교 모습이었다. 마을 어르신들의 관심과 도움이 없었다면 하지 못할 부분들이 많았다. 활동들이 활동 하나에서 끝나는 것이 아니라 톱니바퀴처럼 연결되어 있었다.

공용텃밭을 1년 동안 함께 일궈주시는 어르신들 덕분에 아이들이 제철 음식을 먹게 되기도 했다. 얼마 전 고구마 캐기 행사를 했다. 행사 전날 어르신들이 고구마 줄기를 미리 정리해 주셨다. 엄마들과 함께 고구마 줄기를 가져왔다. 고구마 줄기로 여러 가지 반찬이 가능하다는 것도 함께 알아 갔다.

학교 인근의 마을 선생님들 덕분에 윤택해지는 시골유학이었다. 찰리 체리는 경험하지 못했지만, 몇 년 전에는 마을 어르신들을 모시고 재롱

잔치도 했었다는 이야기를 들었다. 공연을 보면서 마을 어르신들의 얼굴에 필 웃음꽃을 생각해 보았다.

다들 농사일이 바쁘심에도 불구하고, 아이들을 위해서 함께해 주시는 것이 너무 감사했다. 시골 학교는 선생님이 적어서 활동이 제한되지는 않을까 했던 생각은 오히려 반대였다.

'너희는 선생님이 많아서 정말 좋겠다.'

학교에서 쑥 캐기 활동을 하는 체리

처음 상담하러 갔을 때 교장선생님께서 해주시던 말씀에 나는 이 학교를 선택했다.

"아이들 1인 1자전거를 지급해 줍니다. 인라인도 1인 1인라인을 지급해 주지요. 그리고 3월부터 인라인은 방과 후 활동으로 아이들이 배우게 될 것이고, 자전거는 혹시 탈 수 있나요?"

"네. 자전거는 잘 타요."

"그렇다면 너무 좋고요. 못 탄다고 해도 괜찮습니다. 자전거까지 지급이 되면 점심시간이나 방과 후가 끝나고 나서도 계속 연습하게 해요. 5월 안에는 전교생이 모두 자전거를 탈 수 있게 할 거예요. 그리고 5월이 되면 아이들을 데리고 전교생이 함께 뚝방길을 쭉 가서 하조대까지 함께 가게 된답니다. 하조대가서 간식도 먹고 애들 바다도 보고 오는 일정을 1년에 2번 합니다."

교장선생님의 말씀을 듣는 순간 내 머릿속에 그림이 그려졌다. 아이들이 각자의 웃음을 머금고 자전거를 타고 가는 장면이 지나갔다. 친구들과 함께 한 줄로 자전거를 타고 바람을 맞는다는 것을 어떤 느낌일까? 진짜 이건 '꼭 해줘야겠다.' 생각이 들었고 내가 학교를 선택한 이유 중의 하나였다. 교장선생님의 말씀을 듣고 머릿속에서 계속 그려지는 그림을 멈출 수가 없었다. 그러면서도 한편으로는 의심이 되기도 했다.

'정말 전교생이 한 번에 갈 수 있을까? 저학년도?'

그러던 어느 날 주말에 텃밭을 갔다가 학교 운동장에서 놀기로 했다. 학교에 갔더니 체리 친구네 가족과 교장선생님께서 자전거를 타다가 잠시 쉬고 계신 모습을 보았다.

"안녕하세요~ 주말인데 교장선생님도 계시고, 다들 자전거를 타고 계시네요?"
"아직 ○○이가 잘 못 탄다고 해서 교장선생님께서 직접 가르쳐 주고 계세요."

열정적인 교장선생님!

이제 5월이 다 되어서 전교생 하조대 라이딩 시간이 얼마 안 남았는데 아직 어려운 친구들은 시간이 되시는 선생님이 더 지도를 해주셨다. 그리고 무엇보다 덜컹거리는 길을 가야 하다 보니 두발자전거를 안전하게 타야 한다는 것이다. 네발자전거는 안 된다고 하셨다.

그 과정이 아이들에게 쉽지 않아 보였다. 아이 중에 누구 하나 포기하는 아이들이 없는 것으로 봐서는 배우는 과정 또한 신나는 것 같았다.

보통 점심 먹고 5교시 전에 아이들은 자전거나 인라인을 탔다. 작년에는 점심 먹고 아이들이 자주 자전거를 탔다고 이야기 해주던 기억이 났다. 2년 차가 되자 3월부터 아이들은 자전거 탈 수 있는 날을 기다리고 있었다. 학교 운동장에서 언제든 자전거를 탈 수 있다는 것이 아이들에게는 마냥 좋은 생활이 되었다.

그렇게 기다리던 하조대 자전거 라이딩 날이 되었다. 자전거 라이딩을 한다고 들떠서 학교에 갔다. 라이딩이 끝나고 올라온 사진과 영상들을 보면서 나는 속으로 외쳤다.

'그래 내가 이거 때문에 왔었지.'

사진을 보는 내내 내가 생각한 것보다 더 짜릿하고 뭉클한 느낌이었다.

하조대 자전거 라이딩 준비 중

'얼마나 재미있었을까?'

'나도 어렸을 때 이런 경험이 있었다면 어떤 느낌이었을까?'

정확히 나는 아이의 느낌을 잘 모른다. 그러나 내가 상상한 아이들의 모습과 사진에서 보이는 아이들의 웃음을 보면 알 수 있다. 내가 예상하는 느낌과 크게 다르지 않다는 것을 말이다. 오히려 그 이상의 행복을 느껴보지 않았을까 하는 생각도 들었다.

사진으로 보이는 날씨만 보아도 그랬다. 바람 솔솔 불고 햇볕은 따뜻한 느낌이었다. 자전거의 움직임과 바람이 한 몸이 되기에 너무나도 완벽한 날이었다. 자전거가 출동하기 위해 대기 중인 그 모습만 보아도 멋있어 보였다. 이날을 위해 아이들이 3~4개월 동안 연습을 하는지 알 수 있었다. 자전거가 혼자 가는 것이 아니라, 줄을 맞춰 가야 한다. 혼자 먼저 잘 가는 것은 중요하지 않았다. 모두 합을 맞춰서 함께 가야 하는 꽤 긴 단합대회였다.

"엄마 나 더 빨리 갈 수 있었는데 그러지 못해서 아쉬웠어."
"다 같이 가는 것이 재미있고 좋은 거지, 먼저 간다고 좋은 것이 아니잖아~"

하조대까지 가는 길에 노랑나비, 청둥오리, 학, 벼, 부들 등을 보면서 아이들끼리 이야기 나누면서 가는 영상을 보니 역시 오길 잘했다는 생각이었다. 아직 자전거가 익숙하지 않은 친구들에게는 조금 힘든 순간도 있었다고 하셨다. 그 또한 아이들에게 좋은 추억이 되었을 것이다.

하조대에 도착해서 본인들이 먹고 싶은 간식을 고르는 시간이 되었다. 날이 더운지라 아이들은 대부분 아이스크림과 음료수를 먹었다. 그리고 거기서 끝이 아니었다. 먹고 남은 통으로 또 바다에서 한바탕 놀기도 했다. 간식 먹기가 끝나자마자 옷이 젖은 친구들, 흙투성이가 된 친구들(사진으로는 모래사장에 철퍼덕 앉지 않은 친구가 없었다), 바다를 보면서 만세 부르는 친구들, 무릎까지 바지를 걷고 뛰어노는 친구들 모두 행복하고 안전한 추억이었을 거라고 생각했다.

  1년에 2번 있는 전교생 자전거 라이딩이지만 학년별로 종종 자전거 활동을 하므로 수시로 함께 자전거를 타고 있다. 그럼에도 전교생 라이딩은 좀 더 아이들에게 각별하게 다가오는 것 같았다. 또 가을이 시작되고 아이들은 자전거 라이딩이 벌써 기대된다고 하고 있다.

하조대에 도착해서 자전거도 아이들도 휴식시간을 갖다

어린이날은
뛰어 놀아야
어린이날이지

　따뜻한 봄이라고 느낄 때쯤 학교에서 안내문이 왔다. 5월 4일은 어린
이날 전날이라 행사가 있다고 한다. 그날의 제목은 '어린이날 기념 과학
체험의 날'이라고 한다. 하루 종일 공부는 없다. 아침부터 과학 행사가 준
비되어 있었다. 그리고 찰리 체리는 공부가 없는 날이라 신난다고 그날
은 무슨 일이 있어도 학교를 꼭 가야 한다고 했다.

　아무 연고도 없는 타지에서 아이들 키우며 산다고 가족의 달 모임을
양양에서 하기로 했다. 가족이 모이려고 친정 부모님과 동생네 가족들이
오기로 했던 날이었다. 찰리 체리는 할아버지 할머니는 저녁에 만나도
된다며 그렇게 학교를 신나게 갔었다.

　찰리 체리네 학교에 계시는 연구부장 선생님께서 과학과 관련된 모든

수업과 행사를 맡아서 하고 계셨다. 선생님의 열정과 아이들에 대한 사랑이 대단하시다는 생각을 매번 하게 만드시는 분이셨다. 연구부장 선생님께서 아이들을 위한 어린이날이라고 과학의 날 특집을 준비하셨다. 아이들에게는 너무나도 매력적인 하루가 아닐 수 없었다.

먼저 강당에 모여 기후 변화와 신재생 에너지에 관한 이야기도 듣고 퀴즈도 맞히는 시간이었다. 항상 느끼는 것이지만 작은 학교의 퀴즈는 정말 자유롭게 손을 들고 자신의 표현을 한다는 생각이 들었다. 도시에서 손을 들고 이야기한다는 것은 정답인 것 혹은 정답에 가까운 것을 말해야만 할 것 같았다. 그런데 이곳은 정말 자유롭게 이야기한다는 것이다. 물론 도시 엄마들이 아니라고 할 수 있다. 요즘은 꼭 정답을 말할 필요는 없다고 말씀하실 수 있지만 내 경험상 그런 느낌을 받았다는 것이다.

과학 선생님 : 캐나다 북부 지역 불곰과 하얀 북극곰이 만나서 그롤라 베어가 태어나게 되었어요. 어떻게 만나게 되었을까요?
아이들 : 빙하 타고 왔어요~ 동물원에서 만났어요~

아이들은 자신들이 생각한 것들을 자유롭게 이야기했다. 자유로운 분위기는 좋았지만, 아이들의 영상을 보면서 조금 불편한 느낌을 받았다.

아이들이 영상을 보고 질문에 답을 이야기하는데 이상하게도 웅성거림이 불편하게 느껴졌다.

'왜 아이들에게 조용히 하라고 말씀을 안 하시지?'

'아이들이 집중을 안 하는 건가?'

그러다가 나머지 활동 영상을 다 보고 생각이 들었다.

'아 나만 주의집중 시켜야 한다고 생각하는구나. 내 생각과 다르게 아이들은 집중하고 있었구나!'

무조건 "안 돼!" 하던 엄마라서 아이들의 개인적인 소리 내는 것조차 처음에는 불편하게 보고 있었다. 그러나 아이들의 웅성거림은 서로의 의견을 나누고 생각하는 시간이라는 사실을 알게 되었다.

그날은 모든 활동이 강당과 야외에서 이루어졌다. 학년별로 태양광 자동차를 만들어 경주하는 시간도 있었다. 찰리는 태양광 자동차 시간이 가장 좋았던 것 같다. 찰리가 나를 만나자마자 자동차 경주대회에서 자신이 했던 일을 가장 자랑스럽게 이야기했다.

"엄마. 나 제일 늦게 만들긴 했는데 내가 만든 것이 가장 **빠르게** 갔어."

꼭 제일 빨라야 하고 제일 잘해야 하는 것이 정답이 아니라는 것을 스스로 배우는 시간이 되기도 했다.

66

수차를 만들어 종이만을 이용하여 돌리기 대회도 함께 하였다. 학년별로 난이도도 바꿔서 만들 수 있게 프로그램 구성을 해주셨다. 전 학년 누구도 주인공이 되지 않는 아이가 없었다. 학년별 수차 돌리기 할 때 고학년은 시합을 하기도 했다. 그렇게 어린이날은 정말 아이들을 위한 날로 만들어 주셨다.

그리고 잠시 잊고 있었던 할머니 할아버지가 기다리고 있는 날이기도 했다. 하조대에서 기다리는 찰리 체리의 할머니 할아버지가 계셔서 학교로 데리러 갔다. 그날의 생생한 모습을 보고 있는데 계속 기다리라고만 했다. 아직 자기들 수업이 안 끝났다고.

이렇게 어린이날 전날은 공부라는 시간의 틀은 없었지만 배움의 연속인 시간이었다. 몸으로 배우고 친구들과 함께 웃으면서 신이 나는 것이야말로 진정한 공부라 생각했다.

어린이날 학교에서 하는 과학 프로그램에 참여하다

찰리 체리는 한 달에 한 번 도시에 일정이 있어서 예전에 살던 곳을 갔었다. 갈 때마다 친구들한테 연락하게 되었다. 도시 친구들과의 약속을 잡기가 어렵다는 것을 점점 느끼고 있었다.

"언니, 나 오늘 찰리 체리 데리고 송도 가는데 ○○이 같이 저녁 먹거나 놀 수 있어요?"

"오늘 오는구나~ 그런데 어쩌지? ○○이 학원이 6시 30분은 되어야 끝나. 집에 오면 7시가 넘어. 그래도 괜찮을까?"

"뭐, 저녁 먹는 건 괜찮은데 좀 늦게까지 같이 있어도 돼요?"

송도에 가도 도시 친구들을 만나는 약속이 쉬이 잡히지 않는다는 것을 알게 되었다. 왜 만나기가 어려운지는 아이들이 먼저 눈치 챘었다. 도시에 있으면 학원을 힘들게 다닌다는 생각이 찰리 체리에게 새겨졌다. 아이들이 더욱이나 양양에서 학교를 졸업하기를 원하는 눈치였다. 그리고 도시 엄마들의 가장 고민이 공부와 학원이라는 것도 알게 되었다.

아마도 나도 계속 도시에 있었다면 학교와 학원을 보내면서 공부에 대한 고민이 꽤 많았을 것이다. 그렇다고 현재 걱정이 전혀 없는 것은 아니다. 그렇다면 나를 포함한 시골 엄마들은 고학년이 된 아이들 학습을 어떻게 해결하는 것일까?

내가 시골 학교에 다닌다고 했을 때 많이 받았던 질문 중의 하나가 '아이들 학원은 어떻게 해요? 공부는 아예 안 시키나요?'였다. 우리가 평생 양양에서 살 것이 아니라 언젠가는 도시로 다시 가게 될 수도 있는 상황이었다.

양양에서 산다고 해도 아이들 학년에 맞는 공부를 안 할 수는 없었다. 시골의 작은 학교에 있다고 대부분의 교육이 뛰어놀기가 아니다. 다양한 교육과 적은 인원으로 큰 학교에서는 하지 못하는 활동들을 할 뿐이지 수업도 다 하고 공부도 다 하고 있다.

공부의 경우, 학습량은 학년마다는 다르긴 하지만 찰리 체리의 경우 수학, 영어를 기본으로 공부하고 있다. 찰리의 담임선생님께서 수학이나 과학에 비중을 더 두고 수업과 보충을 해주신다.

3월 첫 주가 지나자마자 수학 문제집이 나왔다. 아이들 수준에 따라 다른 교재들을 제공해 주셨다. 수학 문제집은 학교에서 나가는 진도에 맞춰서 같이 나갔다. 시골 학교에서도 선행을 하는 친구들이 있기도 했다. 하지만 대부분 아이는 학교 수업 진도에 맞추어 한 학기가 끝나는 시점에 문제집 한 권이 같이 끝났다.

찰리는 담임선생님께서 심화를 권하셔서 학기 중간부터 심화 문제집 한 권을 같이 하였다. 총 한 학기에 2권의 수학 문제집을 끝내고 방학 동안에는 그동안 했던 문제집의 오답들을 보고 오답 노트까지 작성하는 것이 방학 숙제였다.

영어는 학교에서 매일 20분씩 화상영어를 하고 있다. 온라인 영어 프로그램을 개인당 한 ID를 부여해 주셔서 방학 때도 학기 중에도 꾸준히 할 수 있도록 지원해 준다. 학기 중 영어 수업 시간에는 원어민 선생님이 수업을 진행해 주신다(학교마다 원어민 선생님의 상황이 다르다). 고학년이 되면서 매일 한 장의 단어 암기까지 학교에서 하고 온다.

물론 중간에 엄마가 확인해 주거나 모르는 부분들을 도와주어야 하는 시간이 있기도 하다. 하지만 대부분의 공부는 학교에서 하고 있고 부모들은 부족한 부분을 도와주는 정도로 아이의 공부는 진행되고 있다.

시골유학에서 부모님들이 도시만큼 만족할 만한 아이의 학습 결과를 바란다면 시골유학을 추천해 드리기는 어려울 것 같다. 학습에 대해서는 부모님마다 만족도가 다르므로 기준이 애매모호하다. 다만, 해당 학년에 맞는 학업 수준 정도를 원하는 것이라면 충분히 고려해 보아도 좋을 것으로 생각한다.

그리고 심화를 더 원할 때는 이곳에서도 수학 영어 학원을 부모님들이 추가로 알아보시면 된다. 요즘은 강남의 1등 스타 강사도 온라인으로 만날 수 있는 시대이기에 아이의 능력이 된다면 부모님들이 충분히 도와주실 수 있는 부분이라 생각한다.

혹시라도 우리 아이가 학교 진도를 다 따라가기 어려운 경우도 있다. 작은 학교의 장점은 여기서 뚜렷하게 나타난다. 학교에서 방과 후 수업에 보충을 해주시기도 하고 담임선생님께서 하나하나 봐주시기 때문에 충분히 그 학년의 공부를 마칠 수 있다.

학기마다 조금씩 다르지만 보통 수학과 영어 문제집 1권씩 학교에서 보내주시고 있다. 가끔 국어 문제집을 보내주시기도 한다. 학기 중에는 주 1회 이상(때로는 매일)의 체크로 아이들이 공부에서 손을 놓지 않도록 봐주고 계신다.

찰리의 경우 학원에 다니지 않고도 최상위 수준의 학습을 이어 나가고 있다. 학원에 의존하지 않다 보니 찰리가 스스로 하는 힘이 생긴다고 느껴진다. 자기주도 학습 이런 것은 아직 먼 이야기이다. 하지만 자신이 해야 할 일과 자기가 해결해야 할 일을 구분하기도 하고 못 해서 괴로워하기도 하면서 성장해 나가고 있다. 시골 학교의 학습은 느리지만 성장하는 시간이 된다고 느껴진다.

너희가
너무
대견해

[아이들이 한 학기 동안 연습한 것들을 부모님을 모시고 보여드리려고 합니다. 부모님들의 많은 참석 바랍니다.]

아이들의 학교에서 안내장과 문자로 연락을 받았다. 매 학기가 끝나는 방학식 날이 되면 아이들은 엄마·아빠들을 모시고 그동안 방과 후 수업에서 배운 악기들을 뽐내는 시간을 갖는다. 처음 전학을 오고 여름 방학식 날 찰리 체리의 바이올린 연주를 듣고 깜짝 놀랐다.

3개월가량 배웠을 텐데 내 생각보다 너무 놀라운 실력이었다. 물론 바이올린을 가르쳐 보신 부모님들이 보시기에는 '어머… 저게 뭐야….' 할 수도 있을 것이다.

74

저학년과 1년 차 친구들은 연습 시간이 3개월 정도만 주어진다. 연습 시간이 짧기도 하고, 단체로 연주해서 그런지 노래가 가끔 슬프게 들리기도 했다. 〈떴다 떴다 비행기〉를 연주할 때는 비행기가 너무 슬프게 나는 것 같았다. 그러나 연주회가 끝나고 1학년 친구들에게 엄마들이 칭찬을 아끼지 않았다.

"○○아~ 바이올린 연주 너무 잘하더라~ 너희 언제 이렇게 연습했어?"

나도 작년에 처음 아이들의 연주를 보면서 느꼈던 부분이었다. 2년 차가 되고 아이들의 연주를 다시 보니 훌쩍 큰 느낌이 든다. 주 1회 연습으로 아이들이 이 정도 실력을 갖출 수 있다는 것이 마냥 신기했다.

재능이 있는 아이들도 아니고 어렸을 때부터 바이올린을 배웠던 아이들도 아닌데 말이다. 고학년이 돼서 처음 잡아보는 바이올린이 낯설기만 할 텐데 그래도 다들 최선을 다하는 모습에 나는 박수를 보냈다. 아이들은 그렇게 매 학기 방학식 날이 되면 부모님을 모시고 자신들이 한 학기동안 연습했던 바이올린과 밴드 실력을 뽐내는 시간을 가졌다.

특히나 밴드 실력은 고학년으로 갈수록 놀라웠다. 처음 밴드를 한다고 했을 때 아이들이 얼마나 하겠나 싶었는데 아이들은 각자 분야를 꽤 잘 소화했다. 작년에 밴드를 시작한다고 했던 첫날 찰리는 베이스를 선택하고, 체리는 키보드를 선택했다. 악보도 볼 줄 모르는 아이들이 연주할 수 있을까 싶었다.

2년째 베이스를 치는 찰리는 베이스 치는 것이 재미있다고 한다. 체리는 도시에서 살 때 피아노를 조금 배우다 양양에 왔다. 양양에서는 피아노 학원을 안 다녀서 피아노를 못 칠 줄 알았다.

도시 있을 때는 진도가 얼마큼 나가는지, 내가 보내는 학원비에 비해 아이의 실력이 늘고 있는지 중간 점검을 했었다. 내가 생각한 만큼의 실력이 아닐 때면 학원을 더 보내는 게 맞는지 고민이 되기도 했다. 양양에 와서는 그런 고민할 필요가 없었다. 계속해서 피아노를 칠 수만 있는 것만으로도 만족했다.

시골학교의 작은 음악회

그렇게 나는 학기 행사나 방학식 날 아이들의 연주회를 통해서 아이들의 실력을 알 수 있었다. 연주회가 시작되면 아이들의 모습에서 긴장감을 감출 수 없었다. 때로는 약간의 긴장감이 아이들을 더 성장하게 만들기도 했다. 연주회가 끝나면 아이들은 모든 부모님으로부터 박수갈채를 받는다. 아이들이 이렇게 박수 받을 일이 있을까?

완벽하게 연주하지 않아도 괜찮았다. 아이들이 조금씩 성장하는 것이 부모님들 눈에는 그저 기특하기만 했다.

'많이 떨렸을 텐데 연주해 주는 것만으로도 너희가 너무 대견하단다.'

학교에만 있어도
다양한 문화생활이
가능하다고?

　시골의 작은 학교에 다닌다고 하면 자연에서 뛰어노는 것만 생각하게 된다. 사실 뛰어노는 것만 하려고 오는 부모님들은 없을 것이다. 공부에만 묶여 있기에는 아이들이 너무 아이들처럼 못 노는 것이 아쉬워서 시골 학교를 찾게 되는 것이다.

　시골의 작은 학교라고 공부를 안 하는 것은 아니다. 학업과 자연 활동을 적절히 섞어가면서 다양한 활동을 하는 것에 만족을 느끼고 있다.

　시골유학을 하면서 엄마 관점에서 조금 더 욕심을 내어 본다면 문화생활을 꼽을 수 있다. 미술관, 음악회, 기타 여러 공연을 도시에서는 언제든지 볼 수 있었다. 하지만 양양에서 가장 부족하다고 느껴지는 부분 중의 하나가 문화생활이다.

시골의 작은 학교에서 찾아오는 문화 교실이라는 주제로 학교별로 여러 공연과 행사를 경험할 기회가 있다. 단점이라고 생각했던 부분이 장점으로 주목받는 순간이었다. 작은 학교의 아이들은 공연을 보는 것에서 끝나는 것이 아니라 체험까지 경험했다. 사진을 보다 알게 되었다. 1년간 찰리 체리의 학교로 찾아온 공연이 꽤 많았다는 것을 알았다.

찾아오는 공연들이 꽤 많았다. '언제 이런 공연을 다 보았나?' 싶은 정도였다. 모래예술의 경우에는 이야기와 함께 공연을 보고 학년별로 체험을 직접 하기도 했다. 가까이서 공연도 보고 해주시는 분과의 이야기도 나누면서 공연을 즐길 수 있다는 것이 좋은 시간으로 보였다.

공연의 내용도 중요했지만, 모두가 함께하는 분위기를 느꼈으면 했다. 아이들이 함께 즐기는 기분이 오래도록 남아 있으면 하는 나의 바람이기도 했다.

전교생이 강당에 모여 연극을 구경하다

1년의
시간 흐름을
배우다

1년, 사계절, 매월, 절기, 이런 단어를 알기 위해서는 무엇으로 알 수 있을까? 도시에서는 옷의 변화에 따라 계절을 알았다. 옷이 얇아지면서 봄이 시작되고, 반소매를 입으면 여름이 되고, 다시 바람이 불어 긴팔을 꺼내면 가을이 되고 있고, 너무 추워서 두꺼운 패딩을 입으면 겨울을 왔다는 것이다. 1년의 흐름 같았다.

시골유학을 하면서 1년의 시간을 배우게 된 것은 다름 아닌 텃밭이었다. 텃밭 활동을 통해 온전한 1년을 배우기도 했다. 아이들과 시골유학을 선택하고 내가 가장 많이 느끼고 있는 부분이었다. 40년 넘게 살면서 내가 알아 온 1년의 시간은 교과서로만 배웠다는 것도 알게 되었다. 텃밭을 통해 알게 될 줄 생각조차 못했다. 그렇게 아무것도 모른 채 시작하게 되었다.

 4월이 되면 학교에서 학교 공용텃밭 신청자를 받아서 각 가정에 밭을 나눠 주셨다. 시골 작은 학교에 다니다 보니 집에 텃밭이 있는 친구들도 있었다. 그러나 시골이라고 모두 다 주택에서 사는 것은 아니었다. 아파트에 살면서 텃밭 작물을 먹지 못하는 친구들도 반 이상은 되었다.

 그런 친구들을 위해서 학교에서 학교 공용텃밭을 나누어 주셨다. 입구 쪽과 끝 쪽에는 학교에서 다 같이 먹기 위해 옥수수와 고구마를 심고 가운데 밭을 신청자에 따라서 나누어 주셨다.

 작년에 처음 신청하고 학교에서 연락이 왔다. 비 오기 전에 모종을 심으셔야 한다는 문자에 달려갔던 내 모습이 생각이 났다. 모종을 고르고 텃밭에 심으라고 하셨는데 모종은 어떻게 해야 하는지 전혀 알지를 못했다. 머리로는 질문만 계속 생각이 나고 아무것도 할 줄 모르는 내 모습이 우습기도 하고 답답하기도 했다.

“무엇부터 해요?”

“비닐은 뜯어도 되나요?”

“흙은 어떻게 덮어요?”

“상추 간격은 어느 정도예요?”

“어떤 모종부터 심어야 하죠?”

중간중간 학교 선생님들과 기사님들의 도움을 받아 가며 심기 시작했다. 내가 심고도 도무지 무엇을 심었는지 알 수가 없었다. 심어놓고 '나중에 자라면 알겠지.' 하는 것들도 있었다. 2년 차가 되자 작년이 떠올랐다. 1년 전에 내가 했던 질문들을 처음이라며 텃밭을 시작하는 엄마들이 질문하기 시작했다. 2년 차가 되어도 모르는 것이 많기는 마찬가지였다. 작년에 했던 기억들로 부지런히 심기 시작했다.

2~3주가 지나가면 매주 달라지는 텃밭의 모습을 볼 수 있었다. 텃밭이 매주 달라진다는 것은 매주 해야 할 일이 달라진다는 것이다. 상추는 물을 매일 주어야 했었다. 매일 물을 주러 갈 수가 없으니, 비가 오기를 기다리는 날도 있었다.

'매일 새벽에 물 줘야 하는 만큼만 비가 오면 좋겠다.'
'이렇게 게으른데 텃밭은 왜 한다고 했지?'
'역시 농사는 부지런해야 해.'
'이 정도는 농사 축에도 끼지도 못하는데 작은 땅 가지고도 힘드네.'
작은 땅에서 나는 농작물을 키우면서 나는 별별 생각을 다 했다.

일주일에 한두 번씩 가서 아이들이 직접 키우는 작물로 일주일 식사가 달라졌다. 가지나 고추같이 생각보다 많은 양이 나올 때는 이웃 엄마들과 나눠 먹기도 했다. 너무 많이 나오는 것들은 바람과 햇볕에 말려 건조

하기도 했다.

무엇보다 우리 집 식탁의 반찬들이 텃밭 농작물에 따라 조금씩 달라지는 것이 보였다. '이제 오이가 나올 시기이구나, 호박 먹을 시기이구나, 가지가 나기 시작하면서 가지를 가을까지 많이 먹겠구나!' 알아간다. 요리를 잘 못해서 반찬이 부실한 날이 많았다. 텃밭에서 나오는 수확물 덕분에 잠시나마 나쁜 엄마를 모면하기도 했다.

체리가 당근을 심고 싶어 했다. 당근은 아무 때나 나오거나 심는 것이 아니라는 것도 텃밭을 하면서 알게 되었다. 여름이 되면서 당근도 심고 올해는 허브도 심으면서 허브로 만들 수 있는 것들도 만들어 먹었다. 상추는 여름쯤이 되면 거의 끝나가기 때문에 다시 심어야 하는 것도 배웠다.

그리고 방학식 날, 학교에서 물놀이와 옥수수 먹기로 여름을 마무리하곤 했다. 2학기가 시작하면서 배추와 무, 파 등 겨울 김장에 필요한 채소들로 텃밭을 한번 변경하고 겨울 준비가 시작되었다.

작년에는 자연의 흐름도 배웠지만 올여름이 되면서 자연의 무서움도 알게 되었다. 7월 말부터 연이은 불볕더위로 올해 텃밭을 다 망친 느낌이 들었다. 35도 이상의 해가 하루 종일 내리쬐는 것에는 농작물이 버틸 수 없었다.

호박꽃에 벌이 날아다니면서 호박들도 주렁주렁 열리고 있는 것을 일주일 전까지만 해도 보았다. 한순간에 다 타버리고 남아 있는 농작물은 토마토뿐이었다. 작년에는 5일장에 내다가 팔아도 될 만큼 나오던 가지가 올해는 모두 말라갔다. 비가 한차례 와주기를 기다리고 있으면서 다시 자연의 힘을 기대할 수밖에 없었다.

텃밭을 가꾼다는 것은 아이들에게도 배움이었지만 부모들이 더 많은 것을 배우는 공간이라는 생각이 들었다. 누구보다 부지런해야 하고, 내 아이처럼 키워야 하고, 잘 자라지 못하면 속상한 마음이 들었다. 이러한 마음을 아이들과 함께 할 수 있는 공간이 있다는 것이 좋았다. 시골유학에서 부모님들도 함께 배워간다고 생각했다.

찰리 체리의 경우 개인 텃밭을 학교에서 제공해 주셔서 농작물을 키웠다. 학교마다 관리 방법이 다르다. 시골 학교라고 모두 다 텃밭을 제공하지는 않는다. 학교 공용 텃밭으로 농작물을 키우는 학교가 많다. 하지만 시골 작은 학교라고 모두 텃밭이 있는 것은 아니다.

때가 되면 학교에서 수확물을 가정으로 보내주기도 하시고 아이들 학교 간식거리도 먹기도 하면서 아이들이 계절을 몸소 느끼고 있다. 아이들이 정성 들여 키운 농작물로 만든 한 끼 식사와 간식거리는 단순히 배를 채우는 것이 아니라, 시간을 채우는 것, 시간을 배우는 것임을 기억해 주면 좋겠다.

체리와 함께 상추 뜯기를 하다

찰리 체리 텃밭

야!
너 나무
타봤어?

찰리 체리 학교에 지인들이 오면 항상 묻는 말과 자랑이 있었다.

"와. 학교에 이렇게 큰 나무가 있네요."

"이 나무에서 우리는 나무 타기를 해요."

"저는 저기 제일 끝까지 올라가요."

"저는 이 나무에 올라가서 만세도 불러요."

아이들이 이렇게 자랑하는 활동은 바로 트리 클라이밍이다. 트리 클라이밍은 학교 상담을 다니면서 학교를 선택하게 된 이유 중의 하나였다. 여러 학교에 상담을 다녔지만, 학교 안에서 트리 클라이밍을 하는 학교는 없었다. 그래서 학교에 전학 오면서 기대했던 행사 중의 하나였다.

찰리 체리 학교에는 아주 큰 나무 세 그루가 있다. 1년에 2번 5월과 9월, 나무에 줄을 연결하여 올라가는 트리 클라이밍을 했다. 트리 클라이밍 날짜가 정해지면 나무 정리해 주시는 분들이 2~3일 전에 오셔서 아이들이 안전하게 올라갈 수 있도록 가지치기를 해주셨다. 그리고 트리 클라이밍 전문가분들이 행사 날 아침부터 일찍 오셔서 준비를 해주셨다. 아이들은 트리 클라이밍 날짜가 잡히면 그날만을 손꼽아 기다렸다.

너무나도 푸르른 날 아이들은 트리 클라이밍이 끝나면 땀을 뻘뻘 흘리고 있었다. 땀에 젖어 웃는 모습을 보면 나도 저절로 웃음이 났다. 트리 클라이밍이 끝나고 아이들 간식으로 아이스크림을 하나씩 사주셨다. 흘리는 땀과 웃음 그리고 아이스크림 하나로 세상 모든 것을 다 갖는 표정을 볼 수 있었다. '역시나 시골유학을 잘 왔어!'라는 보상을 받는 모습이었다.

찰리와 체리가 트리 클라이밍을 하던 날 집에 달려와서 처음 했던 말이었다.

찰리 : 내가 학교에서 제일 많이 올라갔어요. 5, 6학년 형들보다 높게 올라가니까 내가 제일인 것 같은 기분이 들었는데. 언제 또 할 수 있어요?

체리 : 밑을 보면 무서웠는데 올라갈 때 하늘을 나는 기분이 들었어요. 다 올라가서 아래를 보면 그네 타는 것보다 재미있었어요. 그리고 친구들보다 높이 올라갈 때 기분이 너무 좋았어요.

체리 트리 클라이밍을 하다

찰라트라 클라이밍을 하다

양양은 서핑이지, 학교에서 함께하지

"요즘 MZ세대한테 가장 인기 있는 곳이 양양이라며? 양양이 그렇게 힙하다던데?" 양양하면 어떤 단어가 떠오르는가? 몇 년 전까지 양양은 연어의 고장이고, 송이버섯이 특산품으로 유명한 곳이었다. 현재는 양양은 서핑으로 가장 많이 검색되고 있다.

시골유학을 해보면 지역별로 할 수 있는 운동들이 조금씩 차이가 있다. 그중에서도 양양은 서핑을 많이 하는 지역이다. 양양 대부분의 작은 학교는 학교에서 친구들과 같이 서핑 수업을 받고 있다.

작년 지인의 가족들이 양양에 놀러 왔었을 때 지인의 아들과 찰리의 대화를 듣게 되었다.

"학교는 재미없는 곳이지~"

"찰리 형은 어떤 거 같아?"

"너무~ 재밌어."

옆에 있던 초등 저학년 동생들이 눈을 동그랗게 뜨면서 물었다.
이해가 안 간다는 표정이었다.

"진짜? 왜? 형은 왜 학교가 재미있어?"

"학교에 가면 자전거도 타고 트리 클라이밍이라는 나무타기도 하고 수영도 가고 서핑도 배울 수 있거든!"

"학교에서 그런 걸 다 해?"

"어! 우리 학교는 해."

도시에서 학교 다니는 동생들은 찰리의 말이 그저 신기할 수밖에 없었다. 나도 아이들을 데리고 시골유학을 오기 전까지는 실감이 안 났다. 사진으로만 보던 것들을 지금 하는 것이 신기한 날들이었다.

찰리 체리네 학교는 학년별로 3~5번씩 서핑 수업을 해주셨다. 학년별로 파도와 날짜에 따라 조금씩 일정이 다르게 잡혔다. 일정이 잡히더라도 서핑을 할 수 있는 그날 상황에 따라(서핑샵의 상황과 날씨의 영향) 조금씩 변동이 되기도 했다.

친구들과 함께 학교에서 서핑을 배우다

무엇보다 성수기 시즌이 들어가기 전까지 전 학년이 3번씩 수업을 끝낼 수 있도록 짜여 있다. 그리고 학교에서 함께하는 서핑수업을 제외하고도, 학교 이름과 학생 이름만 말하면 언제든지 와서 즐겨도 좋다는 팀장님의 말씀도 있었다.

"아이들에게 바다가 놀이터가 되었으면 해요. 양양에 살면서 '나 바다에서 놀았어.'가 아니라 '나 서핑 좀 하면서 놀았지.' 이렇게 말할 줄 알아야죠."

엄마들로부터 감사의 인사와 어떻게 그런 결정을 하실 수 있는지 정말 대단하시다는 칭찬이 이어졌다. 그러자 쑥스러움이 묻어나는 얼굴로 말씀을 이어가셨다.

"3년 전만 해도 학교가 폐교가 되는 줄 알았어요. 그런데 이렇게 도시 친구들이 와주면서 학교도 살고 동네가 살아나게 되었는데, 동네 아저씨가 아이들이 예뻐서 동네 아저씨로서 해줄 수 있는 것을 해줄 뿐이에요."

서핑 수업이 끝나면 바다를 바라보며 서핑 숍에서 준비해 주신 피자로 점심을 먹기도 했다. 친구들과 수다 떨며 서핑 후 바다에서 피자를 먹는 학교라니! 경험했음에도 다시 사진을 봐도 행복해 보이는 그림이다.

여러 사진을 보다가 이 모습이었다고 느껴진 사진이 있었다. 행복해하는 모습이기도 하고, 무언가 멀리서 흐뭇하게 바라보는 느낌이기도 한 표정이었다. 찰리의 이 표정이 너무 좋아서 바다를 선택했었고 그 지역이 양양이 되었음을 기억해 냈다.

그렇게 찰리 체리는 친구들과 학교에서 즐기는 서핑이 즐거울 수밖에 없었다. 서핑 수업 날은 부모님들도 직접 나와서 보셔도 된다고 하셨다. 그런 날은 엄마들과 함께 나가서 보기도 하였다. 작년에는 3번씩만 수업했는데 올해는 학교에서 하는 수업 이외에 친구들과 바다에 가는 날이 더 생겼다. 친구들과 함께 바다에 나가는 일이 찰리 체리에게는 도시에서 친구들과 키즈카페 가는 것처럼 여겨졌다.

서핑을 하고 오는 날이면 조잘조잘 이야깃거리가 많았다. 심지어 학교에서 오자마자 배가 고프다며 집 앞 고깃집으로 바로 들어간 날도 있었다. 고기를 먹으면서 아이들의 조잘거리는 입이 쉴 틈 없이 같이 움직였다. 속으로 생각했다.

'찰리야 체리야, 너희는 좋겠다. 엄마는 아직도 서핑이 남의 이야기 같은데 너희는 10살에 벌써 서핑을 즐기는 인생이라니. 그런 경험들이 너희가 성장해서 무엇인가를 할 때 밑거름이 될 거라고 생각한단다.'

찰리는 말했다. "무엇인가 설레는 기분이야. 항상 그래. 무엇인지 잘 몰라서 설명하기는 어려운데 항상 설레고 좋은 기분이야."

서핑시간 무엇인가를 흐뭇하게 바라보는 찰리

교육비가
0원이다

지금까지 했던 모든 교육에 나의 교육비는 한 푼도 들지 않았다. 물론 학교에서의 활동에 관한 교육비를 의미한다.

먼저 내가 도시에서 썼던 가장 기본적인 교육비는 방과 후 비용이었다. 월요일부터 금요일까지 중에서 우리 아이가 좋아하는 과목을 선택하려면 접수 날 핸드폰을 들고 대기해야 했다. 접수일과 시작 시간에 맞춰 땡! 하고 들어가야만 들을 수 있는 수업이었다.

정해진 요일 정해진 시간 안에 신청해야 우리 아이가 좋아하는 방과 후 수업을 1개 정도 신청해 줄 수 있었다. 아이가 1명이라면 엄마만 시간 맞춰 신청해 주면 되었다. 하지만 아이가 둘인 우리 집은 신랑이 회사에서 시간 맞춰 신청해야 했다. 조금이라도 늦으면 인기 있는 과목은 신청할 수가 없었다.

시골 작은 학교에 처음 왔을 때, 방과 후 수업을 전교생이 모두 같은 프로그램으로 한다고 해서 어리둥절했다. 전교생이 모두 들을 수 있게 되어 있다. 50여 명이 모두 하루에 같은 수업을 듣는 것이 아니다. 4교시나 5교시까지만 하는 저학년은 방과 후 수업을 가장 먼저 시작하기도 하고, 미술 수업하고 하루에 2번씩 방과 후 수업을 듣는 경우도 있다.

우리 아이들 학교에서 하는 방과 후 수업 과정을 소개해 드린다. 학교마다 방과 후 수업 프로그램이 많이 다르기도 하고 지역에 따라서도 다르게 운영된다. 방과 후 수업이 학교 선택에 영향을 미칠 수 있음을 기억해 주면 좋을 것 같다.

월요일 코딩(엔트리), 화요일 밴드 활동(음악밴드), 수요일 인라인, 목요일 피아노와 바이올린, 금요일은 선택 방과 후(레고, 보드게임, 3D프린터)로 이루어져 있다. 요일마다 월화수목 다양한 분야의 방과 후 수업이 짜여 있다. 전교생이 무료로 교육을 받을 수 있다. 그리고 금요일은 방과 후 중에서도 선택해서 방과 후 활동을 할 수 있도록 운영이 되고 있다.

주 1회 수업으로 얼마나 할지 싶기도 했다. 바이올린과 밴드는 부모님들을 모시고 연주회를 (전교생에게) 열어 보여줄 만큼 악기를 연주하게

된다. 일주일 한 번의 수업으로 연주회를 준비하는 아이들이 너무나 기특했다. 다른 방과 후 수업들은 학기에 한 번씩 학부모 공개수업을 해주셨다. 과목마다 조금씩 차이는 있지만 다양한 경험을 모두가 할 수 있었다.

지금까지 학교에서 이루어지는 방과 후 수업 프로그램 이외에도 앞에서 언급했던 서핑, 트리 클라이밍, 외부체험, 학교로 찾아오는 문화생활, 그 밖에 많은 활동들은 모두 무료로 이루어지고 있었다. 올해는 고학년 제주도 수학여행을 보내면서도 비용을 내지 않았다. 물론 돈이 안 들어가서 너무 좋다고만 하는 것은 아니다. 이렇게 질 좋은 다양한 활동을 할 수 있다는 것을 강조하고 싶다. 공교육으로 받는 다양한 체험이 너무 매력적이었다.

도시 학교에서는 학습 위주의 수업이 대부분이었던 것 같다. 특히나 한참 뛰어놀아야 할 저학년 때 코로나 시기를 보내게 돼서 체험에 대한 갈증이 심할 수도 있다. 그래서 더 비교될 수는 있다. 시골에서 경험하는 다양하고 폭넓은 교육이 진짜 배움이 된다는 생각이 들었다.

학교 프로그램, 달 관찰과 화상영어에 참여하고 있는 체리

작년과
또 달라진
시골 학교

새 학년 새 학기가 시작되고 2023년의 학교 교육 과정 설명회가 준비되어 있다고 해서 참석하게 되었다. 학교는 큰 변화가 없어 보였고 작년에 만족할 만한 학교생활을 했다고 생각했다. 변화가 많이 없다고 해도 만족할 만한 학교생활이 될 것으로 생각했다. 작년과 별 차이가 없을 거라는 마음으로 학교의 첫 모임에 참석했다.

시골 작은 학교는 매년 여러 가지 사업을 선정받아야 한다는 사실을 알게 되었다. 찰리 체리가 다니는 학교에서는 화상영어 보조사업과 과학 점핑학교 이외에도 실습용 교구 지원 및 아이들 증원에 따른 추가 보조 지원을 받게 되었다고 말씀해 주셨다.

아이들을 위해서 선생님들께서 여러모로 수고해 주심을 알려주었고,

더 나은 작은 학교를 위해서 학부모님들의 여러 의견도 반영해 주신다고 말씀하셨다.

사실 작년까지 코로나로 인해서 1학기까지는 1년 교육 과정 설명회도 온라인으로 진행이 되었다. 작년까지는 학부모 의견을 반영해서 함께 의견을 나눌 자리도 마련하기가 쉽지 않았던 것으로 보였다. 오프라인으로 모이는 첫 학부모 모임이었다.

그리고 오신 학부모님들과 인사를 나누면서 드디어 '나 작은 학교 학부모구나.' 느끼게 되었다. 20여 명 남짓 되는 부모님들이라 그런지 교장선생님께서 한 분, 한 분 인사를 부탁드리셨다.

"안녕하세요. 찰리 체리 엄마 김하얀입니다."

'누구의 엄마입니다.'에서 끝나는 것이 아니라 내 이름까지 함께 말하는 곳이었다. 난 학부모로 자리에 참석한 것인데 내 이름을 말한다는 것이 새로웠다. 작년부터 알고 지낸 엄마들도 있고, 처음 인사를 나눈 엄마들까지 어느 정도 눈인사도 끝이 난 것 같았다.

교장선생님께서 학교를 운영하는 데 있어서 여러 가지 의견을 나누어 주셨으면 한다고 운을 띄우셨다. 어떤 의견도 좋으니 최대한 의견을 반영해 주시겠다고 하셨다. 어떤 이야기도 해주시면 좋겠다고 말씀해 주셨다.

"엄마들도 동아리 모임이 있으면 좋겠어요."

"어떤 동아리를 원하시나요?"

"책 모임도 좋아요!!!"

"엄마들도 밴드 하면 안 되나요?"

"서핑 모임도 있으면 좋겠어요!!!"

"또 다른 의견 없으신가요?"

"가족 캠핑도 했으면 좋겠어요."

"안 그래도 3~6학년은 2학기에 1박 과학캠핑이 있는데 저학년은 없어서 캠핑카 지원해 주고 캠핑하는 걸 생각하고 있어요."

"고학년도 캠핑하고 싶어요."

"다른 의견 없으신가요?"

"아이들 성교육 관련 교육이 있으면 좋겠어요. 아이들 교육도 좋지만, 엄마들이 알아야 할 성교육 추천 책이나 방법에 관한 것도 해주시면 좋겠어요."

정말 다양한 의견이 나왔다. 신기하게도 빨리 반영된 것들은 2주 만에 결정이 돼서 진행된 프로그램도 있었다. 물론 바로 실행되기 어려운 것들도 있었다.

엄마들이 의견을 내 주신만큼 학교에서도 계획을 하고 계신 것으로 보였다. 부모님들과 소통의 시간을 만들어 주셔서 감사했다.

학교 가장 큰 나무에 올라가서 노는 체리

벌써 행사가 끝난 것 중에는 저학년 가족 캠핑이 있었다. 아이들이 너무 즐거워했다고 이야기를 전해 들었다(찰리 체리는 고학년이라 캠핑 대상이 아니었다). 부모님들의 만족도도 상당히 좋았다고 했었다.

학교가 부모님들의 의견을 들어주면서 같이 성장해 나가는 것 같았다. 시골 작은 학교는 학부모들의 의견이 반영될수록 만족도도 높아지고 실행도 빨라진다고 주변에서 이야기해 주었다. 다만 학교의 사정상 학부모와의 소통이 원활하지 않는 곳도 있다. 무엇보다 학교를 선택할 때 이 부분이 중요하다고 여겨진다.

대학에서 수업하다 보면 회의감이 드는 날들이 생겼다. 학생들에게 질문을 해도 학생들이 대답하지 않는다. 학생들에게 질문을 해도 학생들이 대답할 수 있는 건 한계가 있다는 것을 알았다.

적게는 30명, 많을 때는 50~60명의 인원이 한 교실에 꽉꽉 들어차게 앉아서 수업을 듣는데 어떤 다양한 수업을 할 수 있을까? 그런 부분들이 계속 회의감으로 몰려온다. 학부만 그런 것은 아니다. 석사, 박사 대학원생 선생님들과 같이 수업해도(인원수와 관계없이) 비슷한 상황이다. 아이들에게 질문을 해도 대학생들에게 질문을 해도 돌아오는 대답이 없다.

현실적으로 중학교 고등학교 때 몇십 명씩 한 반에 모여서 자신의 이야기를 할 시간이 없다. 과연 이 아이들은 어디서 자신의 이야기를 하는 것을 배울 수 있을지, 그런 생각이 계속 든다.

'자신이 하고 싶은 말은 어디서 배울까?'

'자기 생각을 표현하기 위해서 어떤 교육을 받아야 할까?'

그 생각에 사로잡혀 있을 무렵 찰리 체리 학교에서 공개 수업 안내 알림이 왔다.

[2023년 1학기 학부모 공개수업 안내해 드립니다. 이번 5학년 공개 수업은 음악 수업입니다. 공개 수업으로 음악 수업을 잘 진행하지는 않지만, 아이들이 특별한 음악 수업을 준비하고 싶다고 해서 결정하게 되었습니다.]

음악 수업으로 공개수업을 한다고 했다. 아이들이 수업에 대한 계획을 짜고 어떻게 할지 선생님과 의논하고 있다고 했다. 부모님들께 진짜 자신들이 보여주고 싶은 수업이 무엇인지를 기획했다는 것이다. 선생님의 문자를 보고 아이들이 특별한 음악 수업을 준비한다는 말이 너무나 흥미로웠다.

보통 국어나 수학 이런 과목들을 학부모 공개 수업에서 하게 된다. 부모님께 보여주다 보니 무엇인가 짜인 느낌으로 수업을 보여준다는 생각이 들었다. 이번에는 달랐다. 아이 공개 수업은 아이들이 진짜 보여주고 싶은 수업을 보여준다는 것이다.

얼마나 의미 있는 일일까, 또 자신이 할 수 있다는 것을 최대한 보여주기 위해서 아이들이 고민하는 날들이 보였다. '부모님들에게 진짜 자신을 보여주는 그런 수업이 아닐까?'라고 생각이 들었다.

본인들의 수업 시간만큼은 자신의 시간으로 만들어야 한다. 과연 우리나라의 현재 교육은 얼마만큼 그렇게 할 수 있을까 하는 의문이 동시에 들기도 했다. 얼마 전 통화를 하면서 지인의 중학생 아이와 나눈 대화를 전해 들었다.

아이가 요즘의 학교에서 자신의 의견을 이야기 하라는 교육을 받는다고 했다. 그런데 문제는 그 교육을 받았음에도 불구하고 수업 시간에 그것을 활용할 수 있는 시간은 단 한 시간도 없다는 것이다. 지인이 중학생 아이에게 말했다.

"○○아! 생각을 말해. 그래야 나중에 계속 말할 수 있고, 평소 그게 연습이 되어야 네가 하고 싶은 말을 할 수 있는 거야."

"엄마, 알려주기는 하는데 우리는 말할 시간이 없어. 그냥 수업 시간에는 수업할 뿐이야. 내 생각을 이야기하기에는 우린 그런 수업을 할 수가 없어."

맞다! 그것이 우리 중 · 고등학교의 현실이고 내가 대학에서 느끼던 회의감이었다. 어렸을 때부터 연습이 되어 있지 않은데 성인이 돼서 자신의 이야기를 할 수 있다는 것은 힘든 일이다. 사실 나도 성인이 돼서 수업을 위해 말을 시작했던 것 같다.

자신 생각을 표현하기 위해서는 어려서부터 그것이 연습이 되어야 한다. 현재 학교는 자신의 이야기가 많을 때 공부를 방해하는 아이로 취급당할 수도 있다. 그런 면에서 시골 학교야 말로 최고의 연습 공간이고, 생각의 확장을 펼칠 기회의 시간이라 생각한다.

아이들은 그렇게 자신들의 수업을 디자인하기 위해 몇 주간 검색하고, 수정의 시간을 가졌다. 어떤 것을 계획하고 있는지 알고 있었다. 그래도 학교 가서 직접 아이들 수업을 보기 전까지는 모른 척해야 했다. 공개수업 때 엄마들을 깜짝 놀라게 할 거라고 쉬쉬하는 시간도 있었다.

드디어 공개수업 날이 되고 교실로 들어가자, 아이들의 긴장한 모습이 더 눈에 들어왔다. 음악 수업을 준비했다고 했는데 과연 우리 아이는 어떤 노래를 불러주려나 생각했다. 생각과 다르게 바이올린을 연주한다고 친구들과 짝을 지어 나왔다. 찰리는 양양을 오기 전까지는 바이올린을 전혀 켤 줄 모르는 아이였는데 이곳에서 바이올린을 처음 배우기 시작했다.

엄마 앞에서 친구와 바이올린을 켜게 될 것을 아이도 나도 생각도 못

했다. 생각보다 연주를 잘해주어서 놀랐다. 아이들이 순서도 짜고 노래도 선곡하면서 많은 시간을 수업 준비에 힘썼음을 알 수 있었다. 그 준비 과정이 눈에 고스란히 보이는 것 같아서 듣는 내내 칭찬을 많이 해주자 생각했다.

시골 학교를 보내는 의미가 이런 것이 아닐까? 자신들의 수업을 스스로 만들어 나가는 아이들의 기획력과 그 과정에서의 자율성. 자신의 문제를 풀어나가는 주도성. 친구들과의 협력. 무엇보다 완벽하지 않아도 모든 과정에 최선을 다하는 모습까지. 아이들의 이야기를 아이들이 풀어나가는 과정이 내가 희망하는 학교의 모습이었다.

바이올린을 연주하는 찰리와 찰리 친구

시골유학
슬기로운
방학생활

　방학이 다가올수록 두려운 마음이 드는 것은 도시나 시골이나 비슷한 마음인 것 같다. 무엇보다 아이들이 방학을 그냥 놀게만 할 수 없었다. '어떤 스케줄로 방학을 보내게 될 것인가?' 도시와 시골의 큰 차이점이 있었다.

　나도 도시에서는 방학 특강이라는 것들을 미리 알아보고 선착순이라면 끝나기 전에 빨리 등록했다. 부지런히 알아보고 등록하고, 등록이 끝나면 '이번 방학은 특강 보내는 것으로 해야겠다.' 하고 안도의 한숨과 함께 스케줄을 마무리했다.

　영어유치원에서 오후까지 봐주는 곳도 보내기도 하고, 과학학원을 보내기도 하고, 운동이 부족할까 싶어 특강으로 인라인과 태권도 오전 특강반을 등록했었다. 등록과 동시에 방학을 잘 보낼 수 있을 것 같은 기분이었다. 양양에서도 3번째 방학이 오고 있었다. 양양에서는 특강을 보낼 수도 없을 텐데 어떤 방학을 보내야 할지 고민되었다. 돌아오는 여름방학은 좀 더 체계적으로 준비해 보고자 했다. 과연 시골유학에서 준비하는 방학 생활은 어떻게 될까?

먼저 시골에서 방학을 보내는 큰 틀은 3가지 정도로 나뉘는 것 같다. 첫 번째는 지역 내 아동 돌봄 센터를 이용하는 것이다. 양양이라는 지역 안에서도 아동 돌봄 센터가 여러 곳이 있다. 작은 초등학교 인근에 아동 돌봄 센터가 있어서 바로 이용하는 학교도 있다.

아동 돌봄 센터의 경우에는 방과 후 프로그램처럼 매일 프로그램이 운영된다. 간식과 저녁까지 제공해 주는 경우들이 있어서 맞벌이 부부의 경우 이용한다면 방학을 무리 없이 보낼 수 있다.

두 번째는 학교의 방학 돌봄 프로그램을 신청하는 것이다. 방학 돌봄의 경우에는 학교마다 다 다르게 운영이 되고 있다. 초등 저학년만 돌봄으로 받아주는 학교, 고학년이라도 맞벌이 가정의 경우 받아주는 학교, 돌봄을 운영하지 않는 학교 등 학교마다 다르게 운영되고 있어서 이 부분을 4장의 학교 답사 부분에서 꼭 확인하시길 바란다.

방학동안 학교 돌봄을 갈 경우에는 학기 중에 오는 시간과 다를 수 있다. 맞벌이 가정이라면 방학 시간도 잘 확인해 보셔야 한다. 방학 돌봄을 가는 경우 방학스케줄은 오후에 각자 보충하기 위한 학원 정도만 다녀도 방학을 충분히 보낼 수 있다. 물론 학원을 안 다니고 학교에서 하는 것만으로 우리 아이들은 첫 번째 방학을 보냈다.

세 번째의 경우는 일반적인 경우이다. 앞에서도 말했듯이 도시에서나 시골에서나 알찬 방학을 보내기 위해 엄마들이 이것저것 정보를 찾아본다. 방학 전 신청이 완료되는 부분까지는 비슷하게 이루어지는 것 같았다. 다만 어떤 것들을 신청하느냐가 좀 차이가 있었다.

작년 여름에는 학교 방학 돌봄을 보냈었다. 돌봄이 끝나고 자주 바다에 놀러가곤 했다. 방학 하루하루가 어떻게 지나간 건지 모르게 방학을 보냈다. 2년 차가 되자 같은 바다를 나가더라도 좀 더 알차게 보내야겠다는 생각이 들었다. 그래서 시골유학의 여름방학 생활을 계획표로 만들어 보았다.

한 달 동안의 스케줄과 To do list로 나누어 적어보았다. To do list에는 방학 동안 매일 할 일을 적어보았다. 영어/수학/국어는 하루 한 장 또는 두 장 정도(문제집 분량)로 하고 영어 듣기나 말하기는 유튜브를 활용하였다. 시골유학을 공부만 시키려고 오시는 부모님은 거의 없겠지만 고학년이라 공부에 대한 끈을 놓을 수도 없는 것이 사실이다.

나는 공부는 하루에 1시간 안에서 다 끝내도록 하는 편이었다. 길어진 다고 공부를 잘하는 것도 아니기 때문이다. 그리고 시골유학에서는 공부를 잘한다는 개념이 없기도 했다. 다만 학년에 맞추어 공부하는 것은 꾸준히 해야 한다고 생각한다.

부모님마다 생각하는 것이 다르기 때문에 공부에 대한 부분은 차이가 크게 발생하는 부분이라고 생각한다. 나의 기준은 각 학년에서 배운 부분만큼은 꼭 알고 가자는 생각이다.

선행을 해야 한다고 생각하시는 분들의 경우에는 학원이나 온라인 수업을 이용하시는 분들이 계시기도 했다. 이 부분은 각자 부모님의 기준에 맞추어 아이들 학습 부분이 달라진다고 생각한다. 나는 공부에 관해서, 독서만큼은 꼭 해야 한다고 생각했다. 찰리는 주 2회의 독서학원과 체리는 온라인 한자 수업을 저녁에 추가해서 하고 있다.

여름방학 오전/오후 스케줄을 보면 찰리의 경우에는 여름방학 야구 특강이 매일 계획되어 있었다. 아침 9시 30분부터 12시까지 야구로 오전 시간에 몸과 마음을 깨우고, 점심 먹고 이후에는 특별한 일정이 없다면 도서관이나 집에서 그날의 To do list를 했다. 체리의 경우에는 2주간 도서관에서 진행하는 오전 수업이 있어서 아침 10시부터 12시까지 도서관 수업을 다녔다.

방학 동안의 도서관 특강은 기간별로 시간대별로 여러 가지 수업이 준비되어 있었다. 보통 일주일~보름 동안의 일정 안에서 1~2가지 정도 신청하게 되는데 인기가 있는 수업은 빨리 마감되기도 했었다. 모든 수업은 양양군에서 진행되는 특강이라서 무료로 수업을 들을 수가 있다.

8월 첫 주는 오전에 각자의 일정이 끝나면 부지런히 점심을 먹고, 요트 특강을 계획했다. 한 여름 요트를 배우는 수업도 아이들에게는 바다를 경험하는 또 하나의 방법이 될 것으로 생각했다. 물을 즐기는 또 다른 방법은 카누 수업이다. 주말마다 남대천에서 카누수업이 진행되고 있어서 아이들은 평일과 다른 수상스포츠를 경험할 수 있다.

우리 일정에 있는 휴가는 나의 친정 식구들이 양양을 오기로 했다. 가족들과 함께 보내는 양양의 여름을 보내기로 했다.

이외에도 야구가 끝나고 친구들과 함께하는 영화 보기, 남대천에서 물고기 잡기, 서핑 하러 가기, 조개잡기 등이 있다. 아이들의 놀거리는 매일 아이들이 어떤 것을 하고 싶은지에 따라 달라졌다. 매일이 축제 같은 날들로 여름방학 준비를 하고 있었고, 찰리 체리는 누구보다 바쁜 여름방학을 보내게 되었다.

일	월	화	수	목	금	토
23	24	25	26	27	28	29

주말
카누수업

방학 야구 특강

30	31	1	2	3	4	5

주말
카누수업

요트특강

체리 도서관수업

6	7	8	9	10	11	12

주말
카누수업

가족캠프예정

13	14	15	16	17	18	19

주말
카누수업

휴가   개학

20	21	22				

주말
카누수업

✓ TO DO LIST

☐ 영단어 하루 한장 (찰리/ 체리)

☐ 수학 하루 한장(찰리/ 체리)

☐ 모닝 영어 (유튜브 시청)

☐ 엔트리 / 스크래치 연습하기

☐ 국어 훈민정음 문제집 풀기(찰리/ 체리)

신나는
여름방학

3장

시골에서는
모든 게
다
교육이야

얼마 전 TV 프로그램에서 인공지능 시대에 살아남는 직업에 관한 이야기를 들었다.

체험적 지혜가 있어야 하는 직업이 앞으로 살아남는 직업이라고 하였다. 경험에서 나

오는 것은 인공 지능으로 대체 불가하다는 것이다. 시골에서 산다는 것은 정말 다양한

경험을 아이들에게 제공해주고 있다. 학교에서의 경험만이 아니라 시골에서의 생활이

미래 가능성까지 연결 지어 생각하게 만든다.

양양군민이
모두 즐기는
음악회

양양에 와서 사교육이라는 것을 거의 하지 않았다. 그래도 유일하게 다니는 학원이 하나 있었다. 아이들이 다른 사람들에게 "저는 수요일 날 학원 다녀요."라고 말하고 다녔다. 양양에 와서 바로 학원 보내는 엄마로 만들었다.

찰리 체리가 다니는 학원은 양양군에서 바우처 지원받는 음악케어링 수업이었다. 1시간은 미술, 1시간은 드럼 또는 바이올린을 배우는 시간이다. 찰리와 체리는 드럼을 선택했다.

9월이 되면서 공원에서 연주회를 한다는 안내를 받았다. 공원에 오는 많은 사람 앞에서 연주하는 게 가능할지 싶었다. 1년에 한 번 연주회는 진행이 된다고 했다.

양양 꿈꾸는 음악회에서 드럼을 치다

양양에서 제일 큰 공원에서 연주회를 한다는 것에 기대 반 걱정 반이었다. 이제 드럼을 배운 지 4개월 차에 접어들었는데 연주를 부담스럽게 느끼는 것은 아닐지 걱정이 되었다. 항상 걱정은 엄마 몫이었다. 경험하는 것으로 만족한다며 응원하는 것이 내가 할 수 있는 전부였다.

9월의 양양 하늘은 평화로웠다. 도시에 있으면서 매우 아쉽다고 생각했던 것이 가을이었다. 가을이 너무 짧게만 느껴졌다. 덥다가 갑자기 어느 날 훅 추위가 다가오면 금세 겨울이 되곤 했다. 항상 아쉬운 가을을 보냈는데 양양에서의 9월은 가을을 충분히 느낄 수 있었다.

연주회 장소는 양양 송이 조각 공원이었다. 송이 조각공원은 아이들과 놀기 좋은 장소로 추천되는 곳이다. 공원의 가운데 아주 큰 느티나무가 멋있게 자리 잡고 있다. 사진을 찍으면 최고의 그림이 나오기도 했다. 느티나무 아래 많은 사람이 돗자리를 펴고 김밥과 치킨 먹을 때면 외국에 있는 것 같았다.

학원에서는 아이들이 즐기면서 할 수 있도록 여러 가지를 준비해 주셨다. 먹을거리로 바비큐와 츄러스, 팝콘, 떡볶이, 음료 등으로 아이들이 연주회 전에 공원을 마음껏 다니며 먹을 수 있게 해주셨다. 아이들이 무엇이든 이용할 수 있는 만원 쿠폰을 나눠주셨다. 아이들에게 원하는 것을 직접 사 먹으라고 하기도 하고, 엄마도 커피 한잔만 사달라고 졸라보기도 했다.

모든 행사는 학원에 다니지 않는 아이들도 학부모들도 함께 즐길 수가 있었다. 바비큐 같은 경우에는 3천 원에 밥 한 공기, 고기, 그리고 김치까지 넉넉하게 담아주셨다. 나는 담아주시는 대로 받아왔는데 뒤에 계신 분은 특별 주문을 하시기도 했다.

"밥 많이, 바비큐 많이 주세요."

역시 시골 인심같이 넉넉히 많이 주시는 모습에 나도 내년에는 저렇게 주문해야겠다고 다짐했다. 바이올린과 드럼을 연습하는 학생들은 차례차례 연습이 시작되었다. 공원에 놀러 온 많은 사람은 각자의 먹을거리와 함께 즐기는 시간을 보냈다.

잠시 앉아서 주변을 돌아보았다. 어른도 아이들도 모두 각자의 평화로운 시간이었다. 이런 모습이 꼭 천국 같다는 생각이 들 정도였다. 아이들도 학교가 아닌 다른 공간에서 만나서 뛰어놀고 있는 모습을 보니 아이들은 더 신이 나 있었다. 주변을 보니 모두 행복한 미소를 띠고 있었다.

본격적으로 연주가 시작되고 양양에 와서 친해진 아이 엄마와 아이들 연주에 관해서 이야기를 나누었다. 지인의 아이는 도시에서 바이올린을 배웠다고 했다. 개인 수업에서는 진도가 안 나가더니 그룹수업에서 더 잘한다며 좋아했다. 그룹수업인데도 몇 개월 만에 다들 연주가 된다며 신기하다고 이야기했다.

우스갯소리로 양양이 터가 좋아서 아이들이 잘 배우는 것 같다고도 했다. 선생님과 협업도 하고 멋진 시간을 만들어 주셨다.

연주회 행사를 학원 한 곳이 진행하기에는 쉽지 않았을 것이다. 지역 주민분들의 도움과 선생님 지인분들의 도움으로 연주회와 시장이 함께 열릴 수 있었다. 음악회가 열렸던 그날은 선물 같은 하루였다. 햇빛 아래 뛰어노는 아이들의 모습, 최선을 다하는 아이들에게 박수를 보내는 어른들의 모습은 꼭 영화의 한 장면 같았다.

양양의 모든 학생을 불러 모을 수 있는 에너지 가득한 연주회였음을 느낄 수 있었다. 1년이 지나고 2023년 9월 가을 연주회를 했다. 작년보다 발전된 아이들의 모습에서는 여유까지 느껴졌다. 모두가 함께하는 시간은 또 한 번의 선물이 되었다.

선물같은 공원 음악회

가을 공원에서 펼쳐진
찰리 체리의 드럼 연주

영상 바로 보기

지역축제가
곧
배움이다

　우리나라는 1년 내내 지역 별로 축제가 끊이지 않고 열리고 있다. 양양에서는 큰 지역축제가 2개 있다. 봄에는 연어 축제, 가을에는 송이 축제가 꽤 크게 열린다. 송이 축제와 연어 축제를 함께 개최하기도 한다. 올해는 연어 송이 축제가 함께 열리기도 했다.

　먼저 봄이 되면 항상 하는 행사로는 새끼 연어 보내기 행사가 손에 꼽힌다. 연어 보내기 행사는 보통 하루에 진행되었다. 미리 신청을 받아서 연어에 대한 간단한 설명과 새끼 연어 보내기 행사를 왜 하는지 알려주셨다.

　양양은 연어의 고장이라고 했다. 그래서인지 양양은 연어를 각별하게 생각하는 것 같았다. 우리나라 연어의 70%가 양양 남대천에서 시작해서 남대천으로 온다고 하니 각별할 수밖에 없었다. 연어 먹이 주기 체험도 하고, 영화도 함께 보면서 어린이들에게 쉽게 다가갈 수 있는 프로그램으로 구성되어 있었다. 작년에도 올해도 연어 보내기 행사하면서 아이들이 꽤 흥미로워하는 것을 보았다.

양양에서 주최하는 지역축제 이외에도 계절별로 여러 가지 체험전과 행사가 1년 동안 연이어지고 있었다. 양양에 있는 동안 계절별로 어디를 가더라도 다 교육이 되고 여행이 되는 것 같았다. 양양 인근에 있는 고성, 속초, 강릉, 삼척, 동해 그리고 설악산을 끼고 있는 인제와 태백산의 시작 평창까지, 1시간 정도의 거리로 아이들과 다니고는 했다. 그러다 보면 내가 배우는 것인지 아이들이 새로운 것을 알아가는 것인지 헷갈렸다.

아이와 함께 축제를 다니는 것이 아이도 성장하고 나도 성장하는 기분을 들게 해주었다. 그리고 축제와 함께 생기는 이벤트들이 축제를 더 즐겁게 만들어 주기도 했다.

작년 아이들과 연어 축제를 다녀오고 찰리 친구 엄마한테 연락이 왔다. 양양으로 와서 친구의 부모님과 처음 나누는 메시지였다.

"안녕하세요. 찰리 친구 엄마예요. 토요일 날 연어 체험 방송에 나왔던데 혹시 보셨나요?"

"아니요~ 방송에 나왔다는 이야기 못 들었어요. TV에도 나왔나요?"

"강원 KBS에 방송이 나왔어요. 제가 영상 링크 보내 드릴게요~"

"찰리가 연어 체험하러 갔다가 친구도 만나고 방송에도 나왔다고 너무 좋아해요."

"간단하게 나온 뉴스 말고도 긴 영상도 있어요."

"찰리가 곤충을 좋아하는데 유명 곤충 크리에이터가 나와서 소리 지르면서 봤어요!!"

찰리가 좋아하는 곤충 크리에이터가 우리와 비슷한 시간대에 와서 연어 행사를 했다는 것을 보고 찰리는 흥분을 감추지 못했다. 흥분이 가라앉지 않은 날들은 시골유학을 하면서 종종 생겼다.

연어 축제뿐만이 아니라 양양에서 하는 많은 축제를 다니면서 찰리 체리가 좋아하는 유명 연예인들도 가까이서 만나게 되는 날도 있었다. 그런 날은 나도 아이들이 된 것처럼 함께 흥분을 멈출 수가 없었다. 1년간 다닌 축제가 정말 많았다. 때로는 실망스러운 지역축제도 있기 마련이다. 하지만 아이들은 실망하지 않았다. 그런 날도 다른 놀이를 스스로 찾았다. 축제야말로 아이들이 즐기면서 배우는 좋은 교육장이 되었다.

● 아기 연어 보내주기 체험 ●

아기연어보내주기

지역축제 참가한
찰리체리
연어 일생 체험하기

👆 영상 바로 보기

과학경진대회에서
상을 받다

"와, 아이들 특별상 받았어요!! 축하해 주세요. 너무 대견한 것 같아요."

코딩대회 날 저녁 5시쯤 찰리 친구 D의 엄마에게서 연락이 왔다. 아이들이 상을 받았다며 흥분된 목소리로 전화가 왔다. 정말 생각지도 못했는데 상을 받았다니 놀라웠다.

찰리와 찰리 친구 D는 양양에서 강릉으로 4번의 코딩수업 후 대회에 나가게 되었다. 3주간 토요일, 일요일 주말마다 양양과 강릉을 오갔다. 우연히 인스타를 통해서 알게 된 수업이었다.

강릉도립대학교에서 주최하기에 강릉까지 오가는 것을 제외한다면 아이들에게 좋은 경험이 될 것으로 생각했다. 아이들은 아직 장시간의 교육도 경험이 없을 뿐더러 대회 경험도 없었다. 대회가 진행되는 동안 둘이 할 수 있는 부분만 해도 경험이 되겠거니 생각했다.

4번의 코딩 수업은 대회를 위해 연습하고 수정하는 시간을 갖는다. 아침 9시까지 가야 하기에 집에서는 8시에 출발했다. 지금 생각해 봐도 아이들이 아침 8시에 준비하고 강릉까지 가는 길이 쉽지 않았을 것 같다. 교육이 진행되는 8시간 동안 아이들은 부모들을 따로 찾지도 않았다. 오후 5시에 끝나고 가면 아이들이 힘들어 보였다. 아이들은 어려웠지만 재미가 있기도 했고, 해볼 만했다고 말해주기도 했다.

공학 경진대회에서 친구와 함께 특별상을 수상

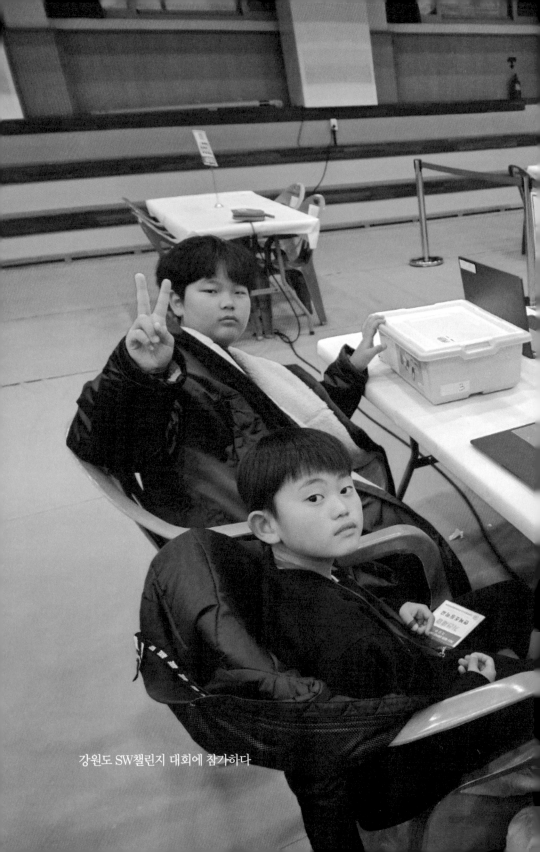

강원도 SW챌린지 대회에 참가하다

참가한 친구 중에 가장 어린 친구들이라서 상에 대한 큰 기대는 없었다. 그런데 마지막 날 대회를 하고 대회장에서 지켜보던 찰리 친구 엄마의 흥분된 목소리가 아직도 귀에 맴도는 듯하다.

"아이들 너무 대단해요. 힘들었을 텐데 열심히 해준 것도 대단하고, 저도 이렇게 좋은데 아이들이 너무 좋아할 것 같아요!!"

나는 현장에 있지 못해서 아이들의 현장감을 생생히 전달하기에는 어려움이 있지만 찰리의 말을 빌리면 아이들은 자신이 있었던 것 같았다.

"우리가 상 받을 것을 알고 있었어. 우리만 캐터필러를 사용했기 때문에 다른 팀들과 다르다는 것을 알고 있었거든요."

작년 가을의 경험은 또 다른 도전을 만들고 있었다. 이번 여름방학 찰리와 친구들은 또 다른 코딩대회를 도전하게 되었다. 그리고 연이어 10월 선생님과 친구들과 한 팀을 이루어 좀 더 규모가 큰 코딩대회를 계획하게 되었다. 그리고 강원도 SW챌린지대회에서 2등이라는 우수한 성적을 보여줬다. 과학이나 코딩학원도 다녀보지 않던 아이들이었다. 물론 이런 결과는 도시보다는 경쟁이 치열하지 않기에 가능했다. 아이들이 스트레스를 받지 않고 여러 가지 도전을 할 수 있다는 것이 시골에서의 매력으로 다가왔다. 한 번의 도전이 또 다른 도전을 부르고 또 다른 기회를 만들어 내고 있다.

여기서
체육인으로
키울 거야?

양양에 오면 아이들 학교 보내고 나는 별일 없는 하루를 보낼 줄 알았다. 생각과 다르게 나는 매일매일 바쁜 하루를 보냈었다. 아이들 깨워서 학교 보내고 아침 운동하고 나면 하루 종일 일정이 있었다.

"도대체 넌 그 시골에서 왜 하루 종일 바쁘니?"라고 친정엄마가 물었다. 낯선 곳에 가서 아무것도 하지 않고 사는 줄 알았던 딸이 하루하루 정신없게 사는 것을 보고 한 소리 하셨다. 바쁜 날 중에 어느 월요일, 학교에서 1년 동안의 학사 설명회가 있다고 해서 학교에 다녀왔다. 학교에 다녀오고 속으로 생각했다.

'나 1년간 진짜 바쁘겠다.'

설명회가 일찍 끝나 엄마들과 인사를 하게 되었다.

"5학년 찰리 엄마, 4학년 체리 엄마예요."

누군가가 다가왔다.

"○○ 엄마예요. 내일 야구 설명회 가세요?"

"네~ 가려고요. 오시나요?"

"그럼요. 내일 야구 설명회에서 봬요."

2주 전쯤 양양 유소년 야구단을 모집한다는 공고를 보고 설명회를 신청했었다. 어제 학교에서 만났던 엄마를 야구단 설명회에서 다시 만났다. 찰리와 찰리 친구들은 함께 야구하기로 약속한 상태였다. 야구단 설명회를 가니 함께하기로 약속한 찰리 친구 엄마들 말고도 체리 친구 엄마들도 만나게 되었다. 원래 야구단 모집할 때 시간과 실제 운영시간이 달라졌다고 담당자분이 말씀하셨다. 오전이었는데 오후 시간으로 바뀌니 양해 부탁드린다는 말씀을 남기셨다.

'그럼, 오전에 랜드 서핑하고 점심 먹고 야구하러 오면 되겠구나!'

주말이면 아침 먹고 운동 + 점심 + 운동 + 시간 나면 바다 이런 일정으로 움직이게 될 것 같았다. 한편으로는 체리는 어떡해야 하나? 고민이 들기도 했다. 고민하고 있을 때 설명회에 온 다른 엄마와 인사를 나누게 되었다. 체리 친구 엄마였다.

"○○이도 야구하나요? 여자애라서 야구 안 좋아할 것 같아서요. 체리는 신청할 생각을 못 했어요."

"○○이도 야구 신청하려고요. 체리도 같이 하면 좋을 것 같아요. 주말에도 아이들이 만나서 놀기도 하면 더 좋고요."

결국 체리도 함께하게 되었고, 체리의 또 다른 친구도 야구에 등록하게 되었다. 사실 체리와 체리 친구는 토요일 오전에 클라이밍을 하고 있었다. 그렇게 오후에 야구도 함께하게 된 것이다. 찰리 체리와 친구들 모두 야구에 등록하며 우스갯소리로 이야기했다.

"우리 애들 체육인 만드나요?"

나는 이 이야기를 여러 번 듣게 되었다. 야구 모임이 끝나고 학교에 상담이 있어 담임선생님과 이야기를 나누었는데 선생님이 말씀 중간에 물어보셨다.

"어머니, 혹시 찰리 운동 시킬 생각 있으신가요?"

"아니요~ 운동을 시키겠다는 것은 아니에요. 이것저것 하면서 본인이 좋아하는 거 시킬 거예요."

그리고 아이 체육인 만들 거냐는 말은 우리 신랑한테까지도 들었다.

양양에서 운동을 시키는 것은 여러 가지 운동도 경험해 보라는 생각이었다. 재미있게 운동하고 즐기는 운동하는 아이로 키우고 싶었다. 나는 우선 중·고등학교 때 아이가 공부할 힘을 기르려면 체력이 좋아야 한다고 생각했다.

마침 양양에서는 이 모든 교육이 무상으로 이루어지고 있으니 더 좋은 기회가 아닐지 싶었다. 심지어 운동에 필요한 유니폼부터 장비가 필요한 대부분의 운동은 장비 지원까지 모두 무상으로 지원받을 기회가 있었다.

우리 아이들은 클라이밍, 랜드 서핑, 야구를 선택했다. 양양의 초등학생들은 자신의 선택에 따라 다양한 체육 활동을 할 수가 있다. BMX, 사격, 테니스, 카누, 서핑, 우슈, 축구, 농구 등 정말 선택만 하면 할 기회들이 펼쳐진다. 이러한 지원은 학교도 아니고 양양군에서 지원받아서 하고 있다. 엘리트 스포츠로서의 선택이 아니라 재미있게 하면서 실력과 다양한 경험은 아이들에게 큰 힘이 될 것으로 생각한다.

나는 항상 이야기해 주고 있다. "천재는 노력하는 사람을 이길 수 없고 노력하는 사람은 즐기는 사람을 이길 수 없다." 우리 아이들은 양양에서 즐기는 야구하고 있다고 외치고 싶다.

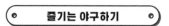

즐기는 야구하기

즐기는 야구하기

주말도 친구들과 함께
양양 유소년 야구

영상 바로 보기

이런 기회는
하늘이
내려주시는 건가?

전국에서 모집하는 야구 캠프 'I LOVE STAR WARS CAMP'에 참가하게 되었다. 야구를 시작한 지 얼마 되지 않았는데 찰리는 꽤 재미를 많이 느끼고 있는 것 같았다. 찰리뿐 아니라 친구들도 야구를 빠지는 일은 거의 없었다. 친구들이랑 즐기면서 하는 야구라 그런지 아이들이 점점 더 재미를 느끼고 있다 생각이 들었다.

그 무렵 야구 감독님께서 야구 캠프가 있으니 5학년 이상의 학생 중에 참가할 친구들은 신청하라는 안내가 내려왔다. 4박 5일 동안 진행되는 캠프였다. 친구들과 어울리기를 좋아하는 찰리도 친구들과 함께한다고 하니 신이 나서 신청했다. 자세한 내용을 찾아보니 전국 다른 도시들의 친구들과 함께 경기도 하고 개인 기량이 얼마큼인지 확인하는 시간이었다. 야구에 대해 새로운 경험을 하는 시간이었다.

　스타워즈 캠프에서는 요즘 알려진 '베이스볼5'이라는 새로운 종목도 알게 되었다. 무엇보다 아이들이 자신의 체력이나 기술이 어느 정도인지 확인할 수 있는 시간이 되기도 했다.

　출발하기 전 감독님과 코치님과 잠시 이야기 나눌 시간이 있었다.

　"캠프에 갔는데 우리 애들 다른 지역 아이들한테 계속 지기만 해서 오면 어떡하죠?"

　"괜찮아요. 거기 오는 친구들이 꼭 엘리트 야구하는 친구만 오는 건 아니에요. 이제 시작하는 친구들도 오기 때문에 그렇게 걱정하지 않으셔도 돼요."

　"졌다고 아이들이 기가 죽거나 야구 안 한다고 할지 싶어요."

　"아니에요. 그냥 가서도 신나게 즐기다가 오면 될 거예요. 아이들 이런 경험이 처음이라 그렇지 엄청 재미있어 할 거예요."

　항상 걱정은 나만 하는 것 같았다. 아이들을 좀 내버려 두어도 된다는 사실을 알면서도 한편으로는 걱정을 안고 있었다. 매일 밤이면 어떤 지역 팀과 경기했고, 승패가 어떻게 되었는지 알려줬다. 체력 측정과 기술 측정을 하는 날은 자신들의 기량이 어느 정도인지 확인하는 시간이 되었다며 들뜬 목소리로 그날의 이야기를 해주었다. 4박 5일이라는 시간은 쏜살같이 지나갔고, 마지막 날 데리고 오면서 아이들이 경험한 것을 물었다.

"얘들아~ 너희 캠프 끝나고 나니까 야구에 대해 어떤 생각이 들었어?"
"베이스볼5도 국가대표 선수를 뽑는대요. 저는 야구보다 베이스볼5 선수가 더 맞는 거 같아요."
"나는 야구가 더 좋아졌어요. 국가대표 야구선수도 왔다 갔는데 저도 그렇게 선수가 될 거예요."
"저는 베이스볼5도 좋고 야구도 좋아요. 그렇지만 야구가 더 좋아서 야구 국가대표 선수가 될 거예요."

불과 4개월 전, 야구할 사람 신청하라고 해서 시작되었다. 평생 야구공 한번 던져 본 적도 없는 아이들이 4개월이 지나고 매일 야구 특강을 듣고 있다. 전국 단위로 진행하는 야구 캠프도 다녀오는 기회를 얻기도 했다. 시골유학을 온 부모들은 항상 말한다.

"너희들 이런 기회가 도시였으면 주어지지 않아. 거긴 돈을 주고도 못할 수도 있는데 너희는 정말 운이 좋은 아이들이야. 좋은 기회인만큼 최선을 다하고 오렴."

시골유학을 해서 생긴 기회이다. 아이들도 그 기회가 자주 오지 않는다는 것을 알고 있다. 그렇기에 모든 기회에 감사하고 그 경험에 행복해 하는 것을 부모들도 아이들도 느끼고 있다.

2023 야구캠프

2023 야구캠프

엘리트 야구 ?
아니에요!
야구 캠프 경험

👆 영상 바로 보기

양양 바다
즐기는
방법

시골유학을 양양으로 결정한 이유 중에 가장 큰 이유는 바다였다. 찰리 체리가 놀이터에 가듯이 바다에 가서 노는 모습을 보고 싶었다. 그리고 1년 반 넘게 양양에서 가장 많이 간 곳이 바다이기도 하다. 바다를 놀이터 가듯이 가는데 매번 같은 놀이를 할 수는 없었다.

친구들이 도대체 매번 바다에 가면 뭐 하고 노냐고, 바다가 지겹지도 않느냐고 묻는 친구들도 있었다. 그리고 왜 그렇게 바다를 가냐고 했었다.

여러 가지 이유가 있지만 바다에서 아이들과 노는 것은 오히려 내가 편한 날이 많았다. 아이들이 알아서 놀아주기 때문이다. 그리고 도시에 가는 날 찰리와 체리 친구들과 놀게 해주려면 비용이 생각보다 많이 들거나(키즈카페나 체험 비용이 드는 것), 게임을 시켜주는 것 말고는 별로 할 것이 없었다. 초등 고학년이 되면서 놀이터만 있다고 놀게 되지 않았다. 아이들끼리 신나게 웃으면서 노는 방법을 모르는 듯했다.

작년 1년 동안 바다에 몇 번이나 왔을까 대략 세어보니 50여 번은 온 것 같다. 365일 중 50일이라면 일주일에 최소 한 번은 갔었다. 추운 계절을 빼고 바다에 들어가서 놀기 위해 여러 가지 다양한 방법으로 바다를 즐겼다. 찰리 체리가 바다에서 놀기 위해서 놀이를 만들어 냈었다. 여러 가지 방법으로 놀았지만, 조금씩 아이들이 자연과 하나 되어 자연을 느끼는 아이들이 되는 것 같았다.

바다에서 노는 방법으로 무엇보다 가장 쉽고 많이 하는 것은 물놀이였다. 주차하고 아이들이 먼저 바다를 본 순간 '바다야!' 하고 뛰어들어갔다. 자주 바다에 가다 보니 성수기보다는 비성수기에 바다에 나가서 노는 것이 더 재미있다는 것을 알게 되었다.

성수기에는 되도록 바다보다 다른 활동을 해보려고 했다. 하지만 한여름에 바다를 안 가면 어디를 갈지 싶었다. 성수기에 가면 개인 그늘막이나 파라솔은 무료 구역에 설치해야 한다. 가장 더운 한여름에는 우리도 파라솔을 대여해서 놀기도 했다. 사람도 많은데 장비 정리하는 것에 시간을 많이 빼앗기면 안 되었다. 편하게 노는 것이 가장 잘 노는 것이라는 생각이 들었다.

바다에서 노는 방법의 또 다른 하나는 동해안의 째복을 잡는 것이다. 동해에서 조개 잡았다고 하면 동해에 조개가 있냐고 다시 물어보는 사람들이 많았다. 처음에 바다에 나가서 발로 쓱쓱 문지르면 조개가 나온다는 사실을 알고 깜짝 놀랐다. 양양 바다에는 조개가 나오는 몇 곳의 해수욕장이 있다. 여기서는 째복이라고 부른다.

째복을 잡다 보면 한두 시간은 그냥 지나간다. 허리춤에 양파망 하나 매달고 발가락으로 흙을 파기 시작한다. 엄지발가락으로 살살 파다 보면 하얗게 모습을 드러내는 째복을 바로 잡을 수 있다. 째복 잡기는 거기에서 끝나지 않는다.

작은 째복들은 보통 다시 바다로 돌려보내 주기도 하는데 중간 크기 이상은 집으로 가져와 그날의 저녁거리가 된다. 조개칼국수, 부침, 조개탕 등 찰리 체리와 지겨울 정도로 먹을 수 있다.

또 다른 바다 즐기는 방법으로 돌멩이나 조개로 그림그리기 하는 것이다. 체리는 여자아이라서 그런지 꾸미기나 그리기를 좋아한다. 체리가 바다를 돌아다니며 조개와 돌 등을 주워서 모래라는 넓은 도화지에 꾸미기를 시작한다.

양양에는 모래들이 곱기 때문에 모래놀이하기에 최적화되어 있다. 그리고 몽돌해수욕장에서의 그리기는 모래사장과는 다른 꽤 재미난 놀이가 되었다.

바다에서 나오는 모든 것이 장난감이 되고 놀이가 된다

아빠와 함께 몽돌해수욕장에서 그리기와 만들기를 하다

체리가 그리기를 좋아한다면 찰리는 만들기를 좋아한다. 아이들은 모래성을 쌓기도 하고 물이 안 들어오는 곳까지 땅을 파서 연결하고 도시를 만드는 것처럼 물을 끌어들였다. 처음에는 손으로 땅을 파기도 했는데 바다를 다니다 보니 손으로는 해결이 안 된다는 것을 알았다. 작은 모종삽 2개를 준비해서 디테일한 부분들을 만들어 주고 중간삽도 준비해서 건물이나 길을 만들 때 사용했다. 이 정도는 준비해 두어야 언제든지 바다에서 만들기를 할 수 있었다.

어느 날은 찰리 체리 아빠가 엄청나게 큰 건물과 길을 만들고 있었다. 옆 파라솔의 아저씨가 와서 한마디 건네셨다.

"사장님. 우리 애가 사장님 만드는 거 보더니 만들어 달라고 지금 계속 이야기해요! 그래서 삽 좀 빌리러 왔어요."

찰리 체리 아빠도 찰리도 체리도 모두 웃으면서 옆집과 또 다른 성을 만들었다. 만들기만 해도 하루가 후다닥 지나가는 느낌이다.

바다에서 노는 것은 이것 말고도 많다. 물고기를 잡아서 놀기도 하고 서핑을 도전해 보기도 했다. 양양은 바다는 끼고 있는 캠핑장이 상당히 많았다. 무료로 차에서 숙박할 수 있는 곳들도 여러 곳이 있었다.

캠핑 장비가 없는 우리 집도 바다를 보면서 고기를 구워먹을 수 있는 곳들이 여러 곳이다. 모래사장 위에서 고기와 김치냄새를 솔솔 풍기고,

마지막에 라면까지 냄새를 풍겨주면 다음번 바다를 올 때 고기를 안 먹을 수가 없다.

사실 준비 없이 바다를 나와서 놀아도 아이들은 잘 논다는 것을 안다. 찰리 체리는 가끔 친구들과 "하조대에서 만나! 죽도에서 만나!"를 외치며 놀이터 장소 정하듯이 바다만 정하면 되었다. 친구들이랑 있다 보면 다른 것들은 꼭 필요하지 않았다.

꼭 우리 어렸을 때 놀이터에서 이것저것 하며 놀던 그때가 생각나기도 한다. 바다를 놀이터로 삼는 아이들의 표정과 경험이야말로 시골유학에서 누릴 수 있는 특권이다.

파도 높은 날 놀기

파도가 높은 날 놀기

**하조대에서 모여!
죽도에서 모여!
바다를 놀이터 처럼**

👆 **영상 바로 보기**

양양에서만
누리는
호화여행

양양에서 무엇이 좋은지 묻는다면 대답은 간단하다. 다양한 경험을 비용 들이지 않고 한다는 것이다. 다양한 경험을 하는 것은 좋지만 비용 때문에 경험의 유무가 달라지기도 했다. 하지만 양양에서만큼은 아이들이 원한다면 하고 싶은 걸 다 하고 있는 것 같다.

그중의 하나가 요트와 카누 체험이다. 양양 관내의 초등학교 4학년 이상이라면 대부분의 요트와 카누를 경험할 수 있었다. 요트와 카누는 직접 배울 수도 있고 체험만도 가능했다. 아이들이 이것저것을 해보면서 부모도 함께할 수 있었다. 요트는 넓은 바다에서 가능하므로 양양에서는 요트를 탈 수 있는 곳이 한 곳이다.

당일 체험의 경우에는 온라인 예약사이트에서 클릭 한 번으로 호화로운 여행 기분을 만끽할 수 있었다. 작년에는 예약사이트에서 예약하고 요트 타기를 했었다. 2년 차가 되면서 다양한 정보로 많은 요트 경험치를 늘려나갔다.

찰리와 체리는 방학 특강을 맞이하여 요트 배우기를 하였다. 특히나 찰리와 찰리 친구는 교육해 주시는 분들께서 계속 교육해서 선수 시키고 싶다고 말씀하실 정도로 한 번에 요트를 잘 몰고 갔다. 요트를 탄다는 것은 바람을 느껴야 하고 거리도 방향도 느껴야 하므로 처음 하는 경우 매우 어렵다고 하셨다.

아이들도 물의 깊이가 놀던 바다랑은 달라서 그런지 긴장한 모습을 보였다. 중간에 직접 요트를 끌고 가는 것이 어려워 보여 도와주려고 하였다. 그러자 강사님이 아이들이 충분히 잘할 수 있다면서 아이들 스스로 하게 다독여 주셨다.

카누도 아이들 스스로 할 수 있도록 지원을 해주셨다. 무엇보다 안전하게 하는 것이 최고이기에 보험 가입을 미리 해주셨다. 부모와 함께 타기도 하지만, 아이들이 혼자서 할 수 있도록 해주시다 보니 아이들이 스스로 하려는 힘이 생기는 것 같았다.

여름방학 친구와 함께하는 요트 교육

TV에서나 보던 요트와 카누를 아이들이 직접 타고 운전하면서 아이들은 또 여러 가지 생각의 힘이 커지고 있었다. 단지 노는 것이 아니라 경험하는 것들이 더 쌓여가면서, 양양에서의 생활은 경험의 풍부함을 만들어갔다.

요트배우기

요트 배우기

**양양에서 배울 수 있는
해양스포츠**

영상 바로 보기

옆 학교의 행사도
동네 마을 잔치같이

보통 월요일 저녁이 되면 학교에서 돌아온 아이들의 부족했던 것, 숙제해야 할 것 봐주고 이른 잠자리에 드는 것이 일상이었다. 어느 날, 동네 엄마가 인근 학교에서 저녁에 하는 공연을 보러 가자고 했다. 안내장까지 보내주면서 주민들도 가도 된다고 했다.

공연 제목을 검색해 보니 아이들이 좋아할 만한 공연이 될 것 같았다. 그리고 작은 학교에서 지역주민과 함께하는 공연이라는 말이 더욱 가고 싶게 했다. 아이들 오자마자 저녁을 먹이고 일찍 정리하고 공연하는 학교로 향했다.

처음에는 남의 집 들어가는 기분으로 슬슬 들어가고 있었다. 쭈뼛거리는 우리를 보시고 한 분이 아이들 쪽으로 다가왔다. 아이스크림 봉지를 가져오시면서 아이들에게 하나씩 고르라고 하셨다.

'아이고, 이 학교 학생도 아닌데 막 먹어도 되는 건가.' 싶은 마음이었다. 녹기 전에 빨리 먹으라는 말씀과 함께 공연 보러 왔으니, 공연자리 쪽으로 앉으라고 말씀도 해주셨다. 분명 여기 학교 학생이 아니라는 것을 아시면서도 너무 반갑게 인사해 주시고 자리 안내까지 받으니, 마음이 좀 가벼워진 느낌이었다.

자리를 잡고 앉아 있다 보니 작년에 찰리 체리 학교에 계셨던 선생님을 뵐 수 있었다. 이곳으로 오셨다는 것을 알게 되었다. 아이들이 좋아했던 선생님이라 그런지 아이들이 너무 반갑게 선생님께 인사하고 놀러 왔다며 신나했다. 선생님뿐이 아니었다. 같이 야구하는 형도 있고, 친구도 있고, 우리 아파트에 살고 있는 다른 학교 학생들도 있고, 우리 학교 다른 학년 동생들도 보였다. 마을 잔치 같은 느낌이었다. 다시 한번 자리를 잡고 공연 볼 준비를 했다.

아이들이 자리를 잡는 동안 나는 학교에서 나눠준 일정을 꼼꼼히 살펴보았다. 학생들은 그날 공연을 위해 방과 후가 끝나고 집으로 가지 않고 모두 학교에서 놀다가 저녁까지 먹고 나오는 길이었다. 공연 시작을 알리기 위해 교장선생님께서 먼저 말씀하셨다.

"우리 학생들 오늘 즐거웠나요? 공연 보기 위해 오늘 처음으로 학교에 늦은 저녁까지 같이 있네요. 기다리면서 고학년들은 물총 싸움도 하고 벌써 옷도 싹 갈아입고 나왔네요. 저학년들도 물놀이하고 나왔는데 즐거웠나요?"

'학교에서 저녁 공연을 기다리면서 물놀이도 하고 물총 싸움도 벌써 끝냈네. 어떻게 학교가 재미없을 수 있을까? 아이들은 마냥 행복한 거지.'
    아이들은 아이들대로 재미있어하고 치킨, 김밥 등 간식을 준비해 오신 가정들은 돗자리 위에서 야간 나들이를 하고 있었다.

'찾아오는 예술 공연'이라는 제목으로 2가지 공연이 진행되었다. 크레인을 이용하여 공중에서 공연하는 모습을 보기도 하고, 1인 공연을 보기도 했다. 공연의 내용도 좋았지만, 시골의 작은 학교라서 공연의 분위기를 더욱 좋게 만들었다는 생각이 계속 들었다.
    동네잔치 같은 분위기이기도 하고, 다른 학교 학생이라고 불편함을 느끼지도 않았다. 어서 오라며 함께하는 느낌인 작은 학교의 공연은 또 다른 매력을 주었다.
    그날 나는 저녁에 지인과 온라인으로 저녁 모임이 있었다. 미리 양해를 구하고, 약속을 미룰 만큼 좋은 시간이었다며 자랑 아닌 자랑을 하고 있었다. 듣고 있던 지인이 이런 말씀을 해주셨다.

"시골은 아이들 모두 하나하나가 주인공이 되는 것 같아요."

양양의 한 작은 초등학교에서 마을 사람들 모두 함께 공연을 보고 있다

전통을
지키시려는
어른들의 마음

양양에서의 많은 경험들은 즐거움을 선사해 준다. 그러나 양양에서 아이들과 함께한 것 중에 즐겁기보다 마음이 무거운 적도 있었다. 아이들이 나와 같은 기분은 물론 아닐 것으로 생각한다. 하지만 시간이 흘러 아이들이 커서 다시 돌아보면 아이들도 나와 비슷한 기분을 경험하지 않을까 싶다. 어르신들의 전통을 지키시려는 마음이 고스란히 전해지는 경험이었다.

지난겨울, 정월 대보름날 후진항 쪽에서 달집태우기를 한다는 현수막을 보게 되었다. 양양에서 많이 홍보된 탓인지 양양 사람들이 모두 나온 것만 같았다.

정월대보름이라고 하면 집에서 이른 아침에 호두나 땅콩 등을 깨서 버리고 다섯 가지 나물을 먹는 정도로만 알고 있었다. 양양에서는 예전부터 하던 전통 행사를 마을별로 진행하고 있었다. 우리는 가장 크게 하는 곳으로 향하였다.

행사장에서 돌아다니면서 소원지를 쓰고 달집에 예쁘게 묶어주기도 하였다. 묶은 소원지와 달집을 보며 소원을 비는 시간을 가졌다. 꽤 심각하게 고민하고 쓴 것 같았는데 '우리 가족 건강하게 해 주세요.' 말고는 기억나지 않았다.

찰리와 체리도 무엇을 썼는지 비밀로 하였다. 아이들과 함께 소원지를 쓰고 달집에 묶으면서 달집을 구경하게 되었다. 아이들도 우리 부부도 달집 내부는 처음 보는 시간이었다.

며칠 전부터 멀리서도 볼 수 있게 달집을 만들고 있었다. 달집 입구 자체가 해가 뜨는 동쪽으로 향하게 두었고 안에는 젖지 않는 대나무를 일부러 준비해서 넣으셨다. 그리고 도자기들이 안에 함께 놓여 있었다. 달집이 타면서 도자기도 함께 구워지는데 도자기까지 구워질 정도가 되면 새벽이 다가올 것이라고 알려주셨다.

당산제를 지내는 시작부터 끝까지 준비 과정을 모두 볼 수 있었다. 날이 꽤 추웠는데 어르신들이 모두 긴 시간 동안 정성으로 당산제를 준비해 주셨다. 그날 아이들의 눈에는 돼지머리가 충격으로 기억되는 것 같았다.

바닷가에서 전통 방식으로 지신밟기 하는 모습

해가 넘어가자 진정한 축제가 시작됐다. 지신밟기를 하는 동안 후진항 끝까지 갔다가 되돌아오면서 계속해서 사물놀이가 함께했다. 사람들이 같이 따라다니고 춤도 추고 발도 구르고 어린아이들을 어깨에 앉혀서 함께 덩실거리는 모습이 책에서 보던 그대로였다. 피날레는 강가나 개울가에서 화려하게 마무리하는데 바다의 끝과 끝을 다 돌고 풍물패의 화려한 마무리로 끝났다.

지신밟기가 끝나고 당산제를 지내고 강현면의 어르신들께서 한자로 읽어주시는 제사의 내용을 잘 알아들을 수가 없었다. 20여 분간의 제사가 끝나고 달집태우기로 눈과 몸이 이동했다.

아까 분명 해가 지기 전까지 달이 저 멀리 있었던 것 같은데 어느새 달집 방향으로 달이 도착해 있었다. 달집 안에 대나무가 따닥따닥 소리를 내며 귀신을 쫓아낸다고 하던데 달집이 타는 모습이 화려하게만 느껴졌다.

정월대보름 행사를 몸으로 다 느껴보고 경험하는 하루였다. 무엇보다 당산제, 지신밟기, 달집태우기 등 시간의 흐름과 의미를 하나하나 느끼면서 알게 된 정월대보름이었다.

아이들이 어르신들의 마음을 조금이라도 이해하며 경험하기를 바라는 마음이었다. 아직 큰 뜻은 이해를 못 하겠지만, 아이들이 옛것에 대해 좀 더 의미 있는 경험 했다는 사실을 알았으면 했다. 양양에서의 많은 행사 중에서도 어르신들이 직접 하는 것들은 말 하나에서 행동 하나하나까지 배울 점이 많다는 것을 아이들도 느꼈으면 하는 바람이다.

달집태우기

달집태우기

화려한 정월대보름 달집이 무엇일까?

👆 영상 바로 보기

4장

시골
유학에도
반전이
있어

시골유학을 생각하면 '아이들을 위해 왔어요.' '도시보다 행복합니다.' 이런 말이 함께

한다. 실제로 살아보니 반전이 있었다. 아이들을 위해 선택한 시골유학이라고 했지만,

부모들의 만족도나 경험이 아이들 못지않다는 것이다. 도시 부모들이 같이 성장하는

시간이라고 본다. 그리고 또 하나의 반전은 시골유학의 불편함이다. 시골유학을 온 부

모님들이 대부분 만족하는 것은 장점들이 단점을 커버할 만큼 장점이 있다는 것이다.

단점이 없다는 것이 아님을 꼭 기억하시길 바란다.

좋은 부모
프레임을
갖게 되다

책을 쓰겠다고 하고 무엇보다 꾸준히 쓰는 것이 중요하다는 것을 알고 있었다. 글쓰기 모임만큼은 꼭 챙겨서 들어가야겠다고 마음을 먹었다. 그런데 항상 아이러니한 일이 생기고는 만다. 분명 아이들과의 행복한 시간을 기록하고자 했는데, 그 기록의 시간을 가지려고 아이들에게 화를 내고 있었다.

"엄마 빨리 글쓰기 해야 하니까 이제 빨리 자."

"엄마, 나 이것까지만 하고 자면 안 돼?"

"어! 안 돼. 잘 시간이야. 빨리 자자. 엄마 너네 재우고 일도 해야 하고 할 일이 많아."

다른 것도 아니고 양양 시골유학에 대한 글을 쓴다고 애들도 좋고 나도 좋다며 글과 다르게 아이들에게 빨리 안 잔다고 화를 내는 날들이 있었다.

이렇게 나는 가끔 말과 행동이 다른 참 부족한 엄마이기도 하다. 그런데도 시골유학을 왔다는 이유로 많은 사람들한테 칭찬받았다.

"아빠, 엄마가 대단하네."
"아이들한테 최고 아빠 엄마인 것 같아요."

참 나를 부끄럽게 만드는 말들인 것 같다. 나는 아이들한테 친절한 엄마가 아니다. 정말 딱 내가 할 수 있다고 생각한 시골만 왔을 뿐인데 과한 평가를 받는 것이 영 불편했다.

작년 겨울 우연히 TV를 틀자, 시골 작은 고등학교에 다니는 아이들이 나왔다. 작은 고등학교라니… 나는 시골 작은 초등학교를 보내면서도 이렇게 고민하는데, 고등학교 학부모님들과 선생님들도 고민이 많으시겠다고 생각했다.

한 선생님께서 작은 학교 학생들을 위해 희망을 주고, 다양한 경험을 통해 자존감을 높여주고 싶다고 TV 프로그램을 신청하셨다고 했다. 선생님의 편지를 들으면서 공감이 되었고 너무 공감된 나머지 눈물이 나기도 했다.

|시골 작은 학교의 문화는 소외되는 것이 아니라 자랑스러운 문화라는
사실을 알려주면 좋겠다. 늘 경험하여 갖는 가치보다 더 깊은 성장을 가
져오게 될 것이다.|

자랑스러운 시골유학 생활을 하는 찰리 체리를 생각했다. 내가 참 부
족한 엄마라서 해줄 수 있는 게 이것뿐이라는 마음으로 시골유학을 오게
되었다. 시골유학이라는 것으로 좋은 엄마 프레임이 씌워진 것 같았다.

나의 부족한 면을 학교에서 대신해 주고 계시는 것 같아서 학교에 감
사한 마음이 들었다. 시골유학의 선택이 반성하는 엄마에서 조금 어깨가
으쓱해지는 엄마로 만들어 준 것 같았다.

텃밭을 함께 일궈나가는 찰리 체리

아이들이 학교 가면
엄마는
무엇을 할까?

얼마 전 양양에서 미용실을 처음 가봤다. 그전까지는 도시에 다니던 곳으로 가다가 도시 갈 이유가 없어서 계속 머리를 미루고 있었다. 그리고 양양에서 처음으로 미용실을 방문하게 되었다. 미용실에 들어가자 젊은 원장님이 계셨다. 젊은 원장님은 나에게 이것저것 물으시면서 양양에서 새로운 터를 잡고 계신다고 했다. 그리고 받았던 질문 중에 내가 가장 많이 받는 질문을 원장님도 역시나 하고 계셨다.

"아이들 학교 가면 심심하지 않으세요? 저 너무 심심했어요."
"아이들 학교 가고 나서 얼마나 할 게 많은데요."
"그렇긴 하죠~ 살림하고 청소하고, 밥하고, 빨래하고 그러고 나면 사실 시간이 금방 가기도 하지만 애 보면서 있으려고 하니까 미용실 하기 전에는 너무너무 심심하다는 생각이 들었어요. 안 그러셨어요?"

원장님이 재차 물어보셨다. 원장님의 말도 이해가 갔다.

아마도 이곳에 있는 것들을 아직 활용하는 방법을 잘 몰라서 그러셨을 것이다. 그리고 그 비슷한 이야기는 내 친구에게도 또 들었다. 원장님의 "아이들 학교 가면 뭐 하세요?" 질문을 내 친구들에게도 한 달 전에 똑같이 들었다.

미국 사는 친구랑 서울 사는 친구가 우리 집에 놀러 왔다. 친구들이 양양 좋다는 말을 연발하면서 넌 여기서 뭐 하고 사느냐고 물어봤다.

"진짜 여기 주말이면 사람도 많고 좋을 것 같다. 관광지라서 재밌을 것 같아~ 그런데 평일에는 여기 뭐 아무것도 없고 너무 심심하지 않냐?"

"야 얼마나 바쁜지 몰라! 아침 8시에 애들 학교에 보내자마자 테니스를 치러 가. 1시간 테니스를 끝내고 집에 와서 씻고 하루가 시작돼. 그러면 벌써 9시 30분이 넘어가. 그리고 오후에 내 할 일을 시작하는데 집에서 쉬는 날이 살림하는 날이야. 그럼 벌써 반나절이 지나가."

"야! 벌써 듣기만 해도 너 바쁜 거 알겠다."

"이건 그냥 하루의 시작이야. 일주일에 한 번은 플랜테리어 수업도 들으러 가야 해. 학교에서 부모들 동아리 있어서 독서모임도 가야 하고, 한 달에 한 번 글쓰기 모임도 가야 해. 주말이면 아이들 아침부터 운동도 데려다주고, 오후에 바다 나가서 놀기도 해야 해. 꽤 바쁘단다."

"야! 네가 미국같이 산다. 여유 있게 애들 데리고 바다 나가고 싶을 때 바다 가고 너 할 일 다 하고. 네가 미국 사는 애 같아."

양양에서 엄마로 사는 삶은 나만 그런 것이 아니다. 가족이 함께 즐기고 있는 것을 볼 수 있다. 우리처럼 시골유학을 목적으로 온 집이 아니더라도 다양한 만남을 통해 부모로서의 경험을 만들어 가고 있다.

아이들뿐 아니라 부모님들도 저렴하게 혹은 무료로 들을 수 있는 수업들이 상당히 많다. 어른이나 아이나 시간이 없어서 그렇지 할 게 없는 것이 아니다.

플랜테리어의 수업을 들으면서 내가 어느 포인트에서 힐링을 받았는지 생각해 보았다. 나는 식물에는 완전 문외한이었다. 신랑이 식물을 좋아했는데도 불구하고 식물들을 다 정리하라고 한 날들이 많았다.

"나는 애 둘 키우는 것만으로도 벅차. 동물이고 식물이고 못 키워!"

그러던 내가 요즘 허브를 키우느라고 아등바등하고 있다. 처음 플랜테리어 수업을 들으러 가는 날 플랜테리어가 무엇인지도 모르고 갔다. 그냥 집에 아기자기한 느낌이 나는 초록색이 있으면 좋겠다고 생각해서 등록했었다.

첫 수업에서 라벤더를 활용한 스머지 스틱 만들기를 했다. 허브도 처음인데 이름도 낯선 스머지 스틱을 만들었다. 두 번째 수업으로 원 포인트 드로잉도 함께했다. 그림도 잘 그려지지 않아서 조금 힘들다고 느껴지기도 했다.

다 그리고 나니 부족하지만, 부족한 대로 또 의미 있는 시간이라 느껴졌다. 다른 것보다 잠시 나를 내려놓고 힐링할 수 있는 시간이 되는 것 같아서 좋았다. 허브가 무엇인지도 모르는 내가 조금씩 빠져들고 있었다.

시골유학을 와서 부모들이 할 수 있는 것들은 무궁무진했다. 저런 수업이 있었나? 싶을 정도로 다양한 수업을 듣고 있다. 몇 가지 배운 사례를 소개하면 도시와 다른 새로운 수업의 매력에 푹 빠져 버릴 것이다. 부모와 함께 배우는 랜드 서핑, 서프 아트(서핑에 그림 그리기), 보드 직접 제작하기, 부모님과 함께하는 카누 수업, 요트 수업 등이 양양에서만 즐길 수 있는 수업 중 하나이다.

가끔씩 즐기는 엄마들과의 바다 브런치

이 밖에도 수업은 매우 많다. 내 주변에서 만족도가 높았던 수업을 소개하자면 서핑, 캘리그라피, 조향사 수업, 1인 여성 기업창업, 소금과 대금 등 취타대, 아코디언, 색소폰, 방과 후 코딩교사 등 다양하다.

워라밸을 연결해서 삶의 만족이 올라가신 분들도 계시고, 교육을 통해 양양에서의 일자리를 구하신 분들도 계시고, 나처럼 한 가지씩 배움을 통해 자기 계발과 만족을 느끼는 분들도 계신다. 모두 양양에서의 삶이 너무 좋다고 말씀하신다. 이곳은 부모들도 같이 성장할 수 있는 시간이 존재한다는 것이다.

여기까지 왔는데?
할 건
다해보자

"어우~ 찰리 체리 엄마는 말리는 거 최고야!"

"알고 보니 완전 살림꾼이야."

"진짜 부지런해."

나를 봐온 엄마들이 하는 말이었다.

양양에 와서 내 인생 처음 듣는 말이었다.

난 살림에 소질도 없고 게으른 편에 가깝다고 생각했다. 내가 하는 일
이나 아이들과 활동하는 것에서는 열심히 움직였지만, 살림만큼은 몸이
잘 움직여지지 않는 사람이었다. 그런데 양양에 와서 달라진 점이 있었
다. 먹는 것에 진심을 담는 생활을 하고 있었다.

아이들이 과일을 아주 좋아하지 않아서인지 과일 소비량이 다른 집에 비해 적은 편이었다. 그래도 양양에 와서 많이 늘었다. 무엇보다 내가 상자로 과일을 사는 버릇이 생겼다. 왜 그런지는 모르겠지만 양양에서는 상자로 사 먹어야 하는 그 재미가 있었다.

곳곳에 과일별 농장이 있기 때문이다. 연락드리고 가면 구매한 양만큼의 서비스도 팍팍 주셨다. 농장으로 직접 가서 구매하다 보니 계절별로 많은 과일을 먹게 되었다. 그리고 대봉시 말리기가 시작되었다.

작년 가을 감이 나기 시작할 때였다. 무슨 용기가 났는지 감 농장에 연락해서 100개를 주문했다. 나 자신도 무슨 생각으로 100개를 주문했는지 의문이었다. 혹시 다 못 먹으면 주변 지인들한테 나눠 주어야겠다고 생각했다. 그러나 나의 대봉시는 12월 말로 다 먹게 되었고 심지어 100개하고, 추가로 100여 개를 더 했었는데 결론은 다 먹었다는 것이다.

처음에 대봉시 100개를 곶감 만든다고 했을 때 찰리 체리를 시작으로 진짜 그게 가능한 것이냐고 다들 웃으면서 물었다. 아마도 그냥 사 먹지 괜히 힘 뺀다고 생각했던 것 같다. 블로그와 유튜브를 열심히 검색하면서 대봉시 100개를 곶감 말리기 위해 장비들을 준비하였다.

제일 가까이 있는 친구와 동네 아이 친구 엄마들이 물어보았다.

"그거 손 아파서 괜찮겠어?"
"누가 그걸 칼로 깎고 있어. 나 기계 사용하는 여자야."

처음에 방법을 몰라 시간이 걸렸지만, 두 번째부터는 속도도 붙기 시작했다. 옆에 신랑 도우미가 있다면 100개 정도도 후다닥 만들 수 있었다. 처음에 다들 곶감은 사 먹는 것이라던 사람들도 3주가 지나자 그런 말들이 쏙 들어갔다. 힘들게 만들었던 100여 개의 곶감이 사라지는 데는 얼마 걸리지 않았다. 아끼고 아껴서 6개를 들고 친정 가는 날 가져갔다.

"야 뭐 이런 걸 가져왔냐~ 너나 먹지 나 감 별로 안 좋아하는데."

"드셔봐 엄마. 나도 지금까지 먹어 본 곶감 중에 인생 곶감이야. 파는 거랑은 차원이 달라."

감을 별로 안 좋아하신다던 엄마가 1개를 후딱 드셨다.

"맛있긴 맛있네. 양양 가면 100개 사서 좀 다시 만들어봐."

"엄마!! 100개가 누구 이름이야?"

꽤 맛이 괜찮으셨구나 싶었다. 다시 양양에 와서 곶감을 알아보았다. 벌써 감을 상자로 사는 것은 어렵다는 것을 알았다. 내년을 기약하며 일부는 말랭이도 만들어 보고 일부는 홍시로 만들어 먹었다. 겨울 간식으로 홍시가 된 대봉시를 냉동실에 보관해 두기도 했다.

과일을 그렇게 안 먹던 찰리 체리도 곶감은 맛있다며 열심히 먹어주었다. 아이들이 잘 먹으니 또 하고 싶은 욕심이 났다. 내년에는 한 300개쯤 해보라고 체리가 옆에서 부추기기도 했다.

대봉시로 곶감 만들기

아무래도 올해 가을이 되면 또 감을 열심히 말리고 있을 것 같았다. 그리고 얼마 전 감 농장 사장님께 문자를 받았다. 미리 감 주문을 받겠다고 하셨다. 선주문으로 200개를 주문해 놓았다.

올해 전학 온 찰리 친구 엄마에게 벌써 호언장담을 해둔 상태이다.

"가을에 내가 이 세상에서 처음 맛보는 대봉시 곶감을 만들어 줄게요."

저 말의 책임을 지려면 올해도 200개는 기본으로 해야겠지만 벌써부터 주렁주렁 열린 감들을 상상해 보니 꼭 〈리틀 포레스트〉의 김태리가 된 기분이다.

양양 시골유학을 하면서 아이들도 다양한 경험을 하고 있겠지만 나도 정말 다양한 경험을 하고 있다. 그리고 이곳에 있는 동안 나는 내가 할 수 있는 모든 일을 다 해보고 싶었다.

병원 가는 게
이렇게
힘든 일이라니

2022년 여름 코로나가 양양도 한번 휩쓸고 지나갔었다. 내가 먼저 코로나에 걸리고 아이들이 줄줄이 코로나 판정을 받게 되었다. 안방에서 혼자 생활하면서 아이들은 엄마 근처에는 절대 오지 말라고 했다. 도시에 있을 때는 언제든 달려와 주는 찰리 체리의 할머니 두 분이 계셨는데 양양에서는 도움을 요청할 사람이 없었다. 아이들 밥이며 씻는 것이며 생활 모든 면에서 아이들 스스로 해야 했다.

나 혼자 안방 생활을 한 지 이틀째 되는 날, 찰리가 열이 나는 것 같다고 했다. 결국 나의 격리는 자동 해제되고 아이들과 함께 보내기로 했다. 아직 몸 상태가 나쁘지 않은 체리도 걱정이었다. 혼자 방에서 있으라고 할 수도 없고 하루 종일 안절부절 못했다. 결국 체리도 열이 오르기 시작하면서 코로나 판정을 받았다. 우리 셋은 집안에서 꼼짝하지 않고 있었다.

내가 아플 때도 누구에게 도움을 받을 수 없는 점, 아이들이 아파도 내가 혼자 다 해결해야 하는 것들이 좀 무섭게 다가왔다. 체리는 열이 한번 나면 39~40도를 오르는 체질이었다.

체리가 열이 오른다는 사실을 알자마자 인근 지역 정보를 검색하고 최대한 가깝다고 생각하는 병원이 어디인지 확인해 두었다. 혹시라도 모를 상황에 대비하기 위하여 응급실과 코로나 확진을 받은 상태에도 진료나 입원할 수 있는지도 확인했다.

확인해 보니 내가 있는 곳 기준에서 대학병원까지 평균 시속 90km로 40여 분을 가야만 응급실에 들어갈 수 있었다. 나는 시속 90km 정도로 40분의 거리가 어느 정도인지 처음에 거리감이 없었다. 시와 시를 넘어 고속도로를 이용해야 한다는 것을 알게 되었다.

여기까지 생각하고 체리의 열을 체크하며 이틀을 지켜보았다. 해열제로 이틀 정도 앓고 열이 떨어졌다. 정말 다행이라고 생각이 들었다. 아이가 아픈 내내(물론 나도 코로나가 끝나지 않았고) 내가 도시에 있었으면 하는 생각이 계속 들었다.

도시에 살고 있었다면 바로 5분 거리에 입원 가능한 소아청소년과가 2곳이나 있었다. 일반 소아청소년과는 어디든 갈 수 있었다. 급할 경우 대학병원도 20분 거리에 2곳 정도 있는 것을 생각하면 위급한 상황에 병원이 아쉽다는 생각이 들었다.

병원에 대한 아쉬움은 그때부터가 시작이었던 것 같다. 아이들이 학교에 다니면서 크게 아픈 일이 줄어들어서 괜찮다고 생각했었다. 당장 몸이 아픈 것뿐 아니라 정기적으로 돌아오는 검진 날짜들이 달력에 보이면서 또 걱정이 늘었다.

찰리와 체리의 치과나 안과 등 정기적으로 가서 검사받아야 하는 경우가 생기면서 도시로 가는 병원 일정을 잡게 되었다. 물론 양양에서도 치과나 안과를 선택해서 갈 수도 있다. 무엇보다 강릉이나 속초로 넘어가야 했다. 결국 친정과 시댁을 가는 날, 다니던 곳으로 예약을 잡고 일정을 정했다. 그러다 보니 도시 가는 날의 일정이 빡빡하기만 했다.

오랜만에 할머니 댁에 가서 예전 살던 동네의 친구들도 만나고, 나도 아이들 엄마들과 커피라도 한잔 마시면서 수다라도 떨고 싶은 마음이 간절했다. 그러나 찰리 체리 병원투어를 하고 나면 반나절이 지나갔다.

결국 피곤함을 해결해야 하는 것이 먼저였다. 양양에서 원래 살던 사람들은 다 이곳에서 해결하는데 유난을 떠는 건지 스스로 고민이 되기도 했다. 다시 생각해 봐도 유난히 아니라 어쩔 수 없는 선택이라고 생각이 들었다. '2년 뒤에는 다시 도시로 올 예정인데, 자주 오는 것도 아니고 기록들이 있어야 하지 않을까?' 하고 혼자 고민하는 날도 많았다.

시골유학을 온 엄마들과 이야기를 나누다 보면 병원에 대한 불편함을 가장 크게 꼽는다는 것을 알았다. 지역 병원을 이용하시면 되지만 교정을 고정적으로 다니는 친구들이나 체리처럼 한 달에 한 번 정기검진이 있는 경우의 아이들이라면 도시까지 병원에 다녀야 하는 번거로움이 있다.

속초의료원은 그나마 속초 양양에서 꽤 큰 병원에 속한다. 얼마 전 속초의료원 의사 모집 공고가 나도 도시에서 오지 않는다고 하시는 말씀을 들었다. 돈을 더 주어도 의사가 오기 쉽지 않다고 했다. 신문의 어느 한 면에서 보던 내용을 내가 겪으면서 살다 보니 아쉬운 마음과 불편한 마음이 오고 갔다. 시골에 어르신들도 많으신데 병원이나 의료수준이 조금 더 좋아지길 바라는 마음도 함께 들었다.

시골유학 생활에서 엄마들이 가장 많이 이야기하고 힘들어하는 부분이 의료 부분이라고 생각했다. 그렇지만 불편하면서도 또 생활하게 된다는 것이다. 어느 지역 어디라도 다 사람이 살지 않는가? 도시의 편함이 가장 불편하게 다가왔지만, 그것 또한 시골유학의 한 배움이라 생각한다.

내 아이의
친구는
어디에 있을까?

시골 학교는 우선 아이들 인원이 적은 학교를 많이들 선택해서 오게 되는 경우가 많다. 정말 작은 학교를 선택하게 되면 전교생이 10여 명 내외인 학교에 다닐 수도 있다. 형, 누나, 언니, 오빠, 동생들은 있지만 친구가 없는 경우도 있다. 오로지 한 학년에 아이 한 명만 있는 경우이다.

30~50여 명의 작은 학교의 구성을 보면 한 학년에 적게는 5명, 많게는 10여 명이다. 이 구성원에서 문제가 생기면 풀어나가는 과정이 쉽지 않다는 이야기를 많이 들었다. 그리고 1학년부터 6학년까지 매년 올라가는 아이들이 같기 때문에 사이가 좋으면 행복한 시골유학 생활이 된다. 그러나 성향이 다른 친구만 있거나 트러블이 계속 발생하는 친구를 만나게 된다면 아이의 시골유학 생활이 조금 힘겹게 느껴질 수도 있다.

작은 학교의 선생님들께서 이러한 부분이 발생하면 회복이 어렵다는 사실을 다들 아시기에 문제가 생기지 않도록 신경을 써주시는 편이다. 그리고 시골유학을 온 아이들도 알고 있다. 여기서 친구랑 싸워봤자 본인들이 손해라는 사실을 말이다.

찰리가 투덜거리면서 들어와서 친구들에 대한 불만을 쏟아낸 날이었다.

"너 친구들 다 좋아했잖아. 왜 투덜거리는 거야?"

"좋아. 그런데 내가 싫어하는 행동을 할 때도 있어. 그리고 내가 싫다 해도 계속하기도 하고 다른 친구가 계속하는 말이 거슬리기도 하고…! 오늘은 진짜 너무 화가 났어."

"그럼 잘 안 맞으면 친구들이랑 못 놀겠네."

"여기는 친구가 4명밖에 없어서 나랑 딱 맞는 친구는 없어. 친구들 말고 놀 사람이 없기 때문에 놀아야 한단 말이야."

"찰리야 엄마도 똑같아. 엄마는 성미 이모랑 진짜 친한 친구이고 엄마가 엄청나게 좋아하는 친구야. 그렇지만 싫은 날도 있어. 성미 이모가 엄마랑 서로 불편한 말을 하기도 해. 그 당시에는 기분이 안 좋아도 그렇게 조금씩 이해하면서 지내는 거야."

더 이상 아무 말도 하지 않는 찰리를 쳐다보았다. 처음에는 화가 난다고 씩씩거리더니 좀 가라앉은 모양이었다. 아이들의 학교 친구 문제는 학교의 선생님들과 각자 부모님들의 관심으로 큰 문제없이 보낸다고 해도 학교 밖에서의 친구가 사실 조금 어려운 부분이었다. 지금도 고민이 되는 부분이지만 학교에서 돌아와서 놀 친구가 없다고 투정을 부린다.

주말마다 가족과 함께 다양한 활동을 한다. 여름이면 바다에 가고 가을에는 산에 가는 스케줄을 보내고 있다. 그러나 아이가 커가면서 친구와의 자연스러운 관계 형성에 있어서 조금 한계가 있는 것은 아닌가 생각이 든다. 학교에서 보내는 동안에 친구와 잘 지내고 행복하다고 한다.

가끔이지만 같은 반 친구들의 생일이 있는 경우 서로 초대를 하기도 하는데 인원이 적다 보니 1년에 그렇게 만나는 횟수가 손에 꼽히기도 한다. 그런 날은 친구들과의 시간이 너무 소중해서 아이가 행복하다고 하는 걸 보면 친구에의 목마름이 친구의 소중함으로 이어지는 것이 아닌가 생각이 든다.

도대체 엄마표는
어디까지 해줘야
하는 거야?

시골유학을 결정하면서 고려해야 할 사항이 '엄마표'라고 생각한다. 시골유학이 자연에서 생활하고 공부는 안 한다고 생각하면 큰 오산이다. 도시만큼은 할 수 없겠지만 양양에서도 하는 친구들은 다 하고 있다.

시골 작은 학교를 상담하다 보면 '도대체 공부(수업)는 하는 걸까?', '뛰어놀기만 해서 너무 아무것도 모르는 애로 키우는 건 아니야?' 생각이 들 수밖에 없다. 처음에 상담을 다니면서 내가 들었던 생각이었다.

학교표로 보통 수학과 영어를 하고 온다고 했다. 그래도 엄마가 조금 더 챙겨준다면 당연히 더할 나위 없이 좋다는 것을 알고 있다. 작년에는 학교에서 '스스로 하는 영어 프로그램'을 진행하였다. 보고, 듣고, 따라하고, 따라 하는 것들이 바로 녹음되어서 어떻게 하고 있는지 스스로 점

206

검까지 할 수 있는 프로그램이었다.

그리고 찰리 체리 학교에서는 온라인 영어 프로그램을 1인 1아이디 부여해 주었기 때문에 집에서 매일 1강씩 잘 봐준다면 영어도 꾸준히 하기에는 문제가 없었다.

문제는 엄마가 꾸준히 소화를 못한다는 것이다. 내가 꾸준히 못한다는 것이지 다른 엄마들도 모두 똑같다는 것은 아니다. 부지런한 엄마들이야 어디에서도 빛을 발한다. 양양에 와서 엄마표 영어를 3년째 꾸준히 하는 내 친구만 봐도 다르다. 아이들에게 만족할 만한 아웃풋이 나올 만큼 엄마가 함께 열심히 해주고 있다.

나의 경우 학교에 다녀와서 찰리 체리 수학을 봐주다 보면 1시간이 후딱 지나갔다. 국어문제집에 채점까지 하고 영어까지 봐주면 2시간은 물 흐르듯이 지나갔다. 너무 엄마표로 신경을 써야 하는 시간이 늘어남에 따라 아이들과 부딪침도 있었다. 그래서 나는 공부만큼은 학교를 믿기로 했고 앞장에서 말했던 것처럼 독서에 관심을 두었다.

평일에 학교에서 돌아오면 시간이 나는 날은 도서관으로 향했다. 주말에도 운동이 끝나고 비가 오는 날은 도서관을 데리고 갔다. 혼자서 아이들을 이리저리 데리고 다니다 보면 힘든 날도 있지만 2시간씩 앉아서 내가 공부를 가르치는 것은 더 힘이 들었다.

양양에 와서 엄마표로 해 주는 것 중에 함께 배우면서 하는 텃밭이 어쩌면 정성을 가장 많이 쏟았던 부분이기도 했다. 찰리 체리가 둘이 하기에는 텃밭은 불가능했다. 텃밭이야말로 진정한 엄마·아빠표 교육이었다.

아이들을 데리고 텃밭을 가서 잡초 뽑기도 해야 하고, 자라는 수확물들도 잘 따와야 하고, 물도 줘야 하고, 가지치기도 해야 한다.

공부는 학교에서 하고 오라고 했지만, 신경을 안 쓸 수는 없다. 매일 체크하고 봐줘야 하는 공부와, 주말 운동, 놀이에 엄마표 텃밭까지 시골유학이 쉽지는 않다. 그래도 양양까지 와서 생활하는데 해줄 수 있는 것은 또 다 도와주고 싶기도 하다. 찰리 체리가 커서도 시골유학의 엄마표를 잘 기억해 주길 바란다.

5학년인데
공부는
언제 하니?

"언니, 이제 찰리 5학년인데 도시로 언제 다시 올 거야?"

"음… 잘 모르겠어. 뭐 언젠가는 가겠지."

"그래도 어차피 도시로 다시 와야 하는 거면 6학년 때는 와야 하는 거 아니야?"

"중학교 시작하면서 갈지 생각 중이야. 아니면 체리도 졸업시키고 찰리 중학교 다니다가 도시로 가는 것도 고민하고 있기도 해."

"아이들 공부 생각하면 그때는 너무 늦지 않아?"

"나는 초등 때는 놀게 해주자 이런 생각이 있어. 양양에서 생활하다 보니 무엇보다 아이들의 만족도가 높아. 공부도 중요하긴 하지만 애들이 좋다는데 1~2년 더 있어도 되지 않을까 고민의 연속이야."

"그래도 중학교 전에는 와야지~"

"잘 모르겠어. 양양에 있는 동안에 아이들이 행복하고 공부가 좀 부족해도 괜찮지 않을까?"

"아니지. 결국 다시 올 거면 그 갭을 나중에 어떻게 메우려고 그래."

양양에 오고 도시에 살던 엄마들과 통화를 하게 되면 어김없이 나누는 대화의 일부분이다. 그리고 시골유학을 고민하는 많은 엄마들이 가장 많이 하는 질문이기도 했다. 난 정답이 없다고 생각한다.

"시골유학 가면 아이들 학원은 어떻게 해요?"

정말 어려운 질문이고 답을 줄 수 없는 부분이다. 그리고 내가 양양에서 가장 헷갈리는 부분이기도 하다. 시골유학을 한다고 매일 뛰어노는 것만이 목표가 아니기도 했다. 초등학교 1~2학년이야 학업에 신경 쓰지 않고 뛰어노는 것에 초점을 두어도 불안하지 않은 것이 엄마 마음이다. 그러나 초등 저학년은 도시에서 보내고 고학년을 시골유학을 선택했기에 공부라는 것이 완전 포기가 되지 않는 것도 사실이다.

영어와 수학은 온전히 학교에서 하는 것이 전부였다. 양양에서도 서울 한복판에서 사교육을 하다 오신 엄마들이 터 잡고 공부방을 하고 있다는 소문을 들었다. 영어도 수학도 사교육을 보내려고 마음먹었으면 충분히 보낼 수 있는 상황이다. 그러나 나는 쉽게 사교육의 문을 두드리게 되지 않았다. 시골유학을 오는 고학년의 엄마라면 매일 고민하는 부분이 될 수도 있다.

인생에는 정답이 없듯이 시골에서 아이를 키우면서 사교육을 시키고 안 시키고는 온전히 부모의 교육 가치관에 따라 달라질 뿐이다. 누가 옳다 그르다 할 문제가 아니라고 생각한다. 예전과 조금 달라진 점이 있다면 부모가 마음먹기에 따라서 강남의 유명강사 수업도 충분히 가능하다는 것이다. 온라인 수업으로도 원하는 만큼의 교육은 가능하다.

내가 양양에 시골유학을 와서 가장 고민스럽고 가장 아이러니한 부분이 교육이었다. 학습에 대한 부분을 어디까지 할 것이고 부모로써 도와주어야 하는 것인지에 대해 아직도 물음표를 던진다. 찰리 학교 엄마와 계속 고민을 나누었지만, 끝까지 정답은 없었다.

"우리가 교육에 대해 고민할 거였으면 도시에 있었겠지요. 아이들을 공부시켜서 얼마큼의 결과물이 나와야 한다. 이런 식으로 욕심을 가지고 가는 것은 아니지만 기본적인 부분에 대한 고민이잖아요."

"우리 애도 수학 같은 경우에는 한 문제를 가지고 20분씩 낑낑거리는데 30분에 많이 풀어야 3문제 푸는 거예요. 저학년은 돌봄이나 학교에서 심화까지 충분히 가능한데 고학년으로 넘어가니 심화까지 안 되는 날들이 있더라고요."

"기본만 지나면 도시아이들은 응용 단계부터는 다 학원에서 해결하잖아요. 그래서 나도 학원을 보내고 싶다 그런 생각은 아니고요. 내가 더 잘할 수 있는 애를 양양에서 한계에 가두어서 살게 하는 것인지 그런 생각이 들더라고요."

"맞아요. 내가 부족한 부분을 어디서 도와주어야 하는지 모르겠어요."

"여기서 학원을 보낸다고 내가 마음에 들을까 싶기도 하고, 어떻게 맞춰 주어야 하는지 모르겠어요."

"이번에 담임선생님을 만나면서 우리 아이가 이만큼 할 수 있는 아이구나! 알게 되었어요."

"조금만 모르는 부분을 도와주니까 할 수 있는 부분이 많은 애라는 걸 알게 되었어요."

나와 찰리 친구 엄마는 계속해서 똑같은 고민의 반복이었다. 언제까지 양양에 살 수 있을지도 모르겠고, 지금 해주는 것이 아주 부족한데 시간이 흘러서 양양에서 학습을 못 한 것이 후회로 남을 까봐 두렵기도 하다.

계속 고민이 되기는 하지만 5학년을 보내면서 2가지를 선택했다. 영어와 수학은 학교에서 하는 것만큼만 하자. 내가 학교 수업 이외에 더 염두에 두는 것은 독서교육만 신경 쓰자. 이렇게 2가지 목표를 설정했다. 한편으로는 지금의 교육시스템이 10년 후에는 큰 변화가 있길 바라고 있기도 하다. 계속 고민의 연속이지만 단지 영어 수학을 잘하는 것이 정답이 아니라 더 큰 교육이 아이들에게 영향을 미치길 바랄 뿐이다.

나도
힘든 날이
있더라

양양에 산다는 것이 참 매력적이었다. 매일 새로운 일들이 생기고 가족들과 주말이면 여행하는 기분으로 살 수 있다는 것이 신기했다. 그 신나고 여유 있는 생활은 6개월 정도가 넘어가자 힘든 날들이 늘어나기 시작했다.

어떤 날은 신랑이 오는 주말조차도 너무 버겁게 느껴지는 날들도 있었다. 1년이 지나고 다시 봄이 올 때쯤 신랑과 투덕거리는 날들도 생겨나기도 했다. 그렇게 투덕거리고 나면 신랑도 서운해했고 나도 찝찝한 마음이 가시지 않았다.

'나 여기서 애들이랑 좋다고 사람들한테 이야기하면서 살고 있지 않았나?' 신랑과 말다툼이 있고 나면 '왜 내가 여기가 좋다고 했지?' 고민하는

친구들과 소풍 가서 신난 찰리

날들이 늘었다.

아이들은 양양 생활이 좋다고 더 있고 싶다고 하는데 내가 이상하게 힘들어하는 날들이 늘어갔다. 그런 고민이 늘어나면서 시골유학에 대해 내가 흔들리는 날들이 생기기도 했다. 참 오랜 시간을 고민했었다. 좋은 것 같은데 왜 신랑과 투덕투덕하는 날이 더 늘어가는 것일까? 신랑도 분명 다른 사람들한테 주말부부가 힘들지만 양양 좋다고 말하고 다닌다는 것을 알고 있었다.

그리고 봄이 되면서 나름의 답을 찾게 되었다. 우리는 시골유학을 하러 오기도 했지만, 신랑은 매주 추억 만들기를 원했다. 아이들과 평일에 떨어져 있고 주말만 보는데 주말만큼은 밀도 있게 아이들과의 시간을 만들고 싶어 했다.

그리고 또 다른 하나의 문제는 양양은 관광지라는 사실이었다. 신랑의 입장에서는 이렇게 매주 즐길 수 있는 재미있는 곳이었다. 나는 관광지에 놀러 오는 사람이 아니라 양양에서 생활하는 시골유학생 엄마였다. 1년 정도 각자의 다른 입장으로 생활하다 보니 매주 여행하는 기분으로 살기에 버거웠다는 것을 알게 되었다.

신랑이 어느 날은 화가 잔뜩 섞인 목소리로 이야기했다.

"왜 당신은 양양까지 와서 서핑을 즐기지 않는 거야? 애들이랑 같이 서핑도 해주고 놀아주면 좋잖아."

"내가 여기 1년 내내 서핑하고 놀러 온 게 아니야. 나는 여기서 일도 해야 하고 애들도 학교 보내야 하고 살림도 해야지."

"그래도 주말에 같이 놀면 좋잖아."

"난 그러면 도대체 언제 쉬어? 바다는 안 가는 것이 아니잖아. 가서 나는 좀 앉아 있을게. 아이들이랑 좀 놀아주면 되지."

"난 가족이 함께하고 싶은 거지!"

그리고 양양에 놀러 오는 많은 지인과의 만남도 갖다 보니 내 시간이 좋으면서도 빠듯했다. 매일 즐기는 시간이 많아지면서 일상생활과의 불협화음이 났다. 나와 아이들은 여행 온 것이 아니라 살러 왔다는 것을 자각하는 데 시간은 1년 정도가 걸린 것 같았다.

2023년의 봄이 시작되면서 도시 아이들처럼 일정한 주말 패턴도 생겼다. 도시아이들은 밀린 주말 학원에 가겠지만 찰리 체리는 야구, 클라이밍, 드로잉, 랜드 서핑 등으로 아이들의 스케줄을 채워가고 있었다. 그리고 오후에 함께하는 일정을 잡으면서 시골유학 생활도 좀 안정을 찾아갔다. 내가 안정감을 찾아가면서 아이들도 생활이 안정되었다. 신랑과의 관계도 조금씩 나아졌다.

시골유학은 여행이 아니었다. 우리는 생활하러 왔다는 것을 기억하면서 생활해야 했다. 하루하루가 즐겁고 하루하루 뛰어노는 것도 중요하지만 그만큼 일상적인 생활을 하면서 즐거운 하루가 되어야만 한다는 것을 깨달았다. 그리고 육아는 어디나 똑같은 진리가 있었다.

엄마가 행복해야 아이가 행복하다는 것이다. 시골유학을 와서 아이들이 행복하긴 하지만 엄마가 힘들거나 괜히 왔다고 느끼는 시골유학은 즐길 수가 없었다. 아이와 함께 행복한 시골유학을 만들어 가는 것이 진정한 시골유학이라는 것이다.

5장

그래!
시골유학
가기로
결심했어!

이 책을 읽으면서 혹은 그 전부터 시골유학에 대한 생각은 있었지만, 어디서부터 어떻

게 준비해야 할지 막막하기만 하다. 나처럼 몇 년을 고민하고 시골유학을 오는 경우도

있고, 빠른 결정과 빠른 실행으로 한 달 만에 오시는 분들도 계실 것이다. 하나의 공통

점은 생각보다 시골유학 정보가 많지 않다는 것이고 선택할 수 있는 것들이 생각보다

많지 않아서 '이게 맞는 선택인가?' 또 고민이 된다는 것이다.

시골유학 막막해요, 어디서부터 시작하나요?

    시골 학교를 선택하는 과정에 있어서 지역을 선택하는 것이 첫 번째 선택사항입니다. 검색하다 보면 제주도나 고성 양양 이쪽에 대한 시골유학이 많이 검색될 것입니다. 아마도 바다를 끼고 있어서 바다 생활을 함께 생각하고 계신 분들이 많이 찾는 지역일 거라 생각이 듭니다.

    그러나 시골유학은 제주도나 강원도만 있는 것이 아닙니다. 전국의 많은 작은 학교들에서 집까지 제공되는 경우도 있으니 개인의 상황별로 다른 지역을 선택하실 수 있다면 다양한 지역을 검색하고 방문해서 결정해 보시는 것도 좋을 것 같습니다.

    제가 앞에서는 첫 번째 사항이 지역을 선택하는 것이라 하였습니다.

지역을 선택하시면서 고려해야 할 사항은 가족의 형태입니다. 가장 쉽게 설명해 드릴 부분이 '아빠랑 함께 올 수 있느냐?'라는 질문에 따라 지역의 범위가 달라집니다. 아빠가 언제든 함께 있을 수 있는 집과, 아빠는 도시에서 일을 하셔야 하는 집에 따라 지역 선택에 제한이 생기기도 합니다. 현재 제 주변에서 볼 수 있는 3가지 가족 형태를 보시면서 여러분의 가정은 어떤 선택이 가능하신지 살펴보시기를 바랍니다.

① 주말부부 이야기

시골유학을 준비하시는 분 중에 꽤 많은 부부가 주말부부인 경우가 많이 있습니다. 아이들을 위한 시골유학은 결정했는데 차마 아빠까지 함께 와서 살기에는 어렵기 때문입니다. 찰리 체리네의 경우가 주말부부입니다.

찰리 체리 아빠는 매주 금요일 저녁이면 양양에 도착하고 일요일 저녁에는 서울로 출발합니다. 주말 가족의 형태로 시골유학을 하고 있습니다. 서울에 살고 있는 아빠여서 버스 타고 오기에 가능한 스케줄일 수도 있습니다. 저는 처음부터 주말부부는 피할 수 없는 것으로 생각하고 시골유학을 준비했습니다.

시골유학을 생각하고 고성으로 오던 첫날 신랑을 고성에서 출근시켜 보았습니다. 월요일 아침 첫차를 타고 9시까지 회사에 들어가기가 어렵다는 것을 알게 되었습니다. 그래서 결정한 것은 금요일 저녁 퇴근하자 마자 왔다가 일요일 마지막 버스를 타고 가는 방법을 선택했습니다.

현재 제 주변에서 50% 정도의 가정의 형태가 주말부부의 형태로 보입니다. 주말근무에 평일 휴무만 가능해서 평일에 오시는 경우도 있고, 주말에 아빠가 오시더라도 거리가 멀어서 하루만 왔다 가는 경우, 자영업으로 조금 더 시간을 내서 2~3일씩 오시는 경우 제각각 머무는 시간이 다릅니다. 시간이 다를 뿐 주말부부의 형태를 지니고 아빠들이 시골로 오는 시간만큼은 모두 소중하게 보내고 있습니다.

② 잠시 휴직하고 오는 가정

모든 가정이 다 같이 오는 경우입니다. 원래 살던 도시 집을 두고 또는 도시 집을 정리하고 모든 식구가 함께 오기도 합니다. 무엇보다 아빠들의 일자리가 가장 큰 문제가 아닐지 싶습니다.

회사에서 1년이나 2년 정도 휴직이 가능하신 분들의 경우는 시골유학하는 동안 아빠도 함께하시는 가정이 있습니다. 아빠가 잠시 도시에서의 일을 멈추시고 함께 와서 시골에서 일자리를 구하는 경우도 있긴 하지만 흔한 경우는 아닙니다.

소개해 드리는 ①, ②, ③번의 경우에서 가장 작은 비중을 차지하고 있습니다. 아빠까지 함께 와서 좋은 시간을 보내는 것이 아이들과의 추억도 관계도 좋겠지만, 아빠가 평일에 없다고 해서 아빠의 사랑이 줄어드는 것은 아니라고 생각합니다.

③ 새로운 둥지를 트는 가족들

흔히 이런 경우는 귀농, 귀촌이라는 표현을 하게 됩니다. 온 가족이 시골로 이사를 하고 나머지의 삶도 시골에서 다시 시작하시는 경우입니다. 여기서 한 가지 기억하셔야 할 것은 시골에서 제2의 삶에 꼭 농사를 지으실 필요는 없다는 것입니다.

시골로 오시면서 다양한 것을 하고 계시는 것을 볼 수 있습니다. 캠핑장이나, 펜션 업을 하시는 분들도 계시고 음식점을 하고 계시는 분, 식물과 관련된 일, 환경과 관련된 일, 스포츠와 관련된 일 등 사실 무엇이라고 뚜렷하게 말하기 어려운 일을 하시는 분들도 계십니다.

제가 바라보는 그분들의 비슷한 점은 빡빡하게 지내시는 것이 아니라 여유가 있는 삶입니다. 그래서 어른들의 만족도 함께 올라가는 것이 아닐까 싶습니다. 물론 이 부분은 직접 경험하지 않아서 귀농 귀촌의 삶이 얼마큼 바쁘게 생활하는지 잘 모를 수도 있습니다.

시골유학을 시작하게 되는 가족의 유형 3가지를 말씀드렸습니다. 실제로 이 유형 말고도 각자 다른 삶을 살면서 다양한 유형의 시골유학을 하는 가정들이 있을 것으로 생각합니다. 한 가지 공통점은 도시에서 온 그 어떤 가정도 쉬운 결정과 쉬운 방법으로 온 가정은 없다는 것입니다.

그러나 많은 분들이 하고 계시는 것을 보면 또 못할 것도 없습니다. 시골유학을 고민하고 있으시다면 여러분들 각 가정에 맞는 방법으로 시골유학을 선택해 보시기 바랍니다.

하루 종일 만든 찰리 체리 모래성

우리는
이사가
불가능해요

앞에서 이야기한 가정의 경우에는 엄마와 아이만 오게 되는 경우, 아빠와 같이 오는 경우 그리고 양양에서 자리 잡는 경우 모두 부모님이 함께 이사 오는 것이 가능한 상황입니다. 시골유학을 해보고 싶지만 당장 살고 있는 도시 집이 해결이 안 되는 경우도 많습니다. 가정마다 여러 가지 상황으로 인하여 이사할 수 없기도 합니다. 혹은 우리는 1년 이상은 너무 힘든데? 하는 생각이 드실 수도 있습니다. 여러 가지 상황을 고려하여 기간과 시골유학 지역을 선택하는 방법도 있습니다.

서울시 교육청과 전남도 교육청이 함께 추진하는 시골유학(농촌 유학) 프로그램은 3가지 유형의 형태로 6개월 이상 선택해서 신청할 수 있습니다. 현재 점점 추가되는 지역과 학교들이 있습니다. 서울시 교육청은 전국의 교육청과 연계하여 시골유학 사업을 확장하고 있습니다. 경상도, 전라도, 강원도 등 확대되는 지역들이 있으니, 프로그램들을 한번 검색해서 찾아보시는 것을 추천해 드립니다.

특히 아토피가 있는 도시 학생들을 위하여 '아토피 특화 농촌 유학' 프로그램도 운영되는 학교가 있습니다. 이곳의 학교들은 학생들의 건강을 위하여 맞춤형 식단과 인근 치유 숲과 연계하여 다양한 프로그램이 운영되고 있다고 합니다.

강원도 인제군에서는 현재 기준 2023년 1학기 산골 생태유학생을 모집하기도 했습니다. 도시지역 학생들을 대상으로 생태 친화적인 자연환경 속의 교육활동 기회를 제공하여 2년간 진행되는 시범사업입니다. 시골유학에 해당하는 학교는 현재 3개 학교로 분교 및 산촌의 전교생 60여 명의 작은 학교들입니다.

도시에서 시골유학 오는 학생들을 6개월간 친환경적 환경에서 숲 밧줄놀이, 양봉, 승마, 골프, 영화 만들기 등 1인 1악기 지원까지 학교별로 다양한 프로그램을 제공하고자 준비되어 있다고 합니다.

이렇게 다양한 곳에서 시골유학 프로그램을 진행하고 있습니다. 검색하셔서 각 홈페이지를 꼼꼼히 보시고 '우리 가족에게 가장 어울리는 지역과 지원 프로그램은 무엇일까?' 고민해 보시고 결정하시면 됩니다.

서울시 교육청에서 지원하는 경우 서울시민만 지원이 되는 예도 있습니다. 서울시민이 아니면 지원을 못 받는 건가? 생각하지 마시고 관련 키워드로 검색해 보시기 바랍니다. 지자체별로 지원 프로그램을 운영하는 곳들도 있습니다.

대부분의 모집이 전학을 원하는 학기 방학 전(예를 들면, 2학기 시골유학을 원하는 경우 1학기 방학 전 6월 또는 7월)에 이루어지고 있습니다. 2024년 시골유학에 관심이 있으신 경우에는 11월에 꼼꼼히 알아보시고 12월에 모집하는 프로그램에 신청서를 작성해 보시기 바랍니다.

#전남농산어촌유학 #전북농산어촌유학 #서울시교육청시골유학 #농촌지역유학생모집 #강원도농촌유학 #강원도특별자치도교육청농촌유학

시골유학 동안 거주할 수 있는 지원 형태가 3가지입니다. 학생과 농가 가족이 생활하는 농가홈스테이형, 가족과 함께 이주하는 가족체류형, 마을 시설을 이용한 유학센터형 3개 유형으로 구분됩니다. 지역별로 기간별로 지원 형태가 조금씩 다르게 운영되고 있습니다. 2023년에는 가족형만 진행되는 곳들도 있었습니다.

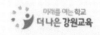

강원특별자치도교육청이 유학경비(주거비)를 지원합니다!

모집기간 7.12.(수)~7.18.(화) **운영기간** 2023.9.1.~2024.2.28.(6개월)

대 상 서울특별시교육청 소속 초등학교 1~5학년

운영방법 2023학년도 2학기부터 영월, 홍천, 춘천, 인제, 횡성
5개 지역 10개교에서 50명의 학생을 대상으로 시범 운영

가족체류형
가족 전체 또는 일부가 이주해 지자체·마을에서 제공하는 시설에서 생활

농가홈스테이형
학생이 학교 인근 농가에서 농가 부모의 보살핌을 받으며 생활

유학센터형
법인격을 갖춘 단체에서 활동가의 보살핌을 받으며 생활

강원도 특별자치교육청의 새로운 사업으로 '강원 농촌 유학 사업'이 본격 추진됩니다. 2023년 2학기를 시작으로 춘천, 홍천, 영월, 인제, 횡성

의 5개 지역 10개 학교에서 50여 명 모집이 첫 시작이었습니다. 2024년은 강원도 18개 시 · 도 · 군에 모두 농촌 유학 사업을 실시할 계획으로 현재 준비 중이라고 합니다.

제가 소개해 드리는 시골유학은 2023년 2학기 모집과정을 넣어드렸습니다. 작년까지는 전라도 교육청이나, 경상도 교육청 쪽의 시골유학 지원 프로그램이 많이 보였습니다. 2023년부터 강원도 특별자치도 교육청에서 본격적으로 시작해서 2024년에는 18개 시 · 도 · 군에 진행 예정이라고 합니다. 집을 구하기 부담되는 경우, 시골유학을 하고 싶지만 바로 거주지 마련이 어려운 경우 유학경비까지 지원받기도 합니다.

다만 이것도 일반 거주지를 이동하시는 것보다는 쉽게 오실 수 있으시지만, 제공하는 숙소의 상태가 내 기준에 맞지 않는다든지, 바로 옆에 있는 분들과의 거리감이 불편하게 느껴진다든지 등의 장 · 단점이 존재한다는 것입니다.

시골유학과 관련하여 프로그램을 소개해 드렸습니다. 시골유학 관련 프로그램은 매년 지원되는 지역이 다를 수 있습니다. 지원 과정과 유학 경비 지원이 조금씩 변경되고 있습니다. 시골유학이 결정되신 시기에 맞춰 원하시는 지역과 학교를 검색하시고, 지원프로그램을 확인해 보시기 바랍니다. 시골유학의 선택 방법의 하나이기에 소개해 드렸습니다.

30~40여 년간 살던 지역을 벗어나 새로운 지역에서 새로운 삶을 산다

는 것은 쉬운 것은 아닙니다. 그러나 무엇보다 여러분들의 가족과 아이가 가장 잘 어울릴 수 있는 곳이 어디일까를 생각해 보셨으면 합니다.

그렇다면 제 기준에서 왜 양양이 되었는지 말씀드리겠습니다. 찰리를 키우면서 좀 더 마음이 넓은 아이면 좋겠다는 생각이 문뜩문뜩 들 때가 있었습니다.

고성에 놀러 온 어느 날 아이가 바다를 가만히 30분 넘게 바라보았습니다. 바다를 보면서 툭 던지듯이 "바다가 좋아."라고 합니다. 바다를 바라보고 있는 찰리를 보니, 우리는 바다 있는 쪽으로 무조건 가야겠다고 결심을 했습니다. 그리고 찰리 체리 아빠가 서울에서 버스를 타고 금요일 저녁에 올 수 있는 거리라는 기준을 정하였습니다.

처음 시골유학을 진행하면서 결정된 지역은 고성이었습니다. 강원도 고성은 바로 옆이 속초라서 속초 터미널을 이용하면 되었습니다. 2시간 30분 정도면 가능하다고 생각했습니다.

그렇게 고성으로 준비한 2019년 시골유학에서는 고성에 집을 구하지 못해서 실패하게 되었습니다. 그 당시에는 시골에서 아파트에 살면 큰일이라도 나는 것처럼 여겨졌습니다. 당연히 시골에서 사는데 마당 있는 넓은 집에서 강아지 키워야 한다는 생각에 주택만 알아보다가 결국은 집을 못 구하는 상황이 되었습니다.

2021년 가을이 되면서 다시 시골유학을 꿈꾸며 고성을 알아보고 있었는데 3년 전 실패가 떠올랐습니다. 생각을 좀 더 넓혀 양양까지 보게 되었습니다.

양양이라는 곳을 결정하게 된 것은 말씀드렸듯이 매주 주말 아빠가 서울에서 오기 가능한 곳! 그곳이 1순위 지역이었습니다.

학교를 결정하고 집을 결정했는데 정말 양양은 "집이 없어요."라는 말이 저절로 나옵니다. 집을 구하다가 혼자서 '아, 왜 꼭 양양이어야 했지?' 하다가 '그래, 찰리 체리 아빠가 와야지.' 생각하며 또다시 양양을 선택하는 것이 맞다고 생각했습니다.

아빠가 함께하실 수 있는지, 이동 경로가 어디가 편한지, 시골유학을 가면 당분간 다시 도시로 전혀 올 생각이 없는지 등 각자의 상황을 고려해서 적합한 지역을 고르시는 것이 좋습니다.

만약 제가 다시 시골유학을 준비해야 한다면 다른 여건이 될 때 경상도나 전라도 지역 쪽으로 찾아볼 것 같습니다. 앞서 말씀드린 각 지역교육청에서 지원받아서 시골유학을 하시는 분들의 경우 경상도와 전라도 쪽 지원이 현재(2023년 8월 기준)로서는 더 많은 지원을 받으실 수 있습니다. 다만 2024년 계획에 따라 달라질 수 있다는 점을 기억해 주시고 시골유학 오시는 시점의 프로그램을 잘 활용하시는 것이 좋을 것으로 보입니다.

시골학교는
상담할 수
있어요

제가 학교를 상담 다니면서 최종결정했다고 이야기하게 되면 제일 먼저 나오는 질문이 있습니다.

"시골에 50여 명 다니는 작은 학교로 가기로 했어요."
"그 학교 사립이야? 아니면 대안학교야?"

사립도 대안학교도 아니지만 시골의 작은 학교에서는 상담을 같이 해 주시는 경우가 많이 있습니다. 리플릿이 따로 준비된 학교들도 많이 있고 전화나 방문 상담을 담당하시는 선생님이 계시기도 합니다. 그래서 작은 학교들을 선택하실 때 어떤 방법으로 진행했는지 설명해 드리도록 하겠습니다.

먼저 지역을 정하고 학교 검색하기 시작했습니다. 검색해서 나온 학교 홈페이지를 들어가 한번 보고, 활동들도 살펴보고 검색으로 알아볼 수 있는 최대한의 많은 양을 검색했습니다.

최근 시골유학을 하시는 분 중에 블로그를 꾸준히 올려주시는 분들이 계시는데 그분들을 통해서 정보도 수집해 보았습니다. 블로그도 찾아보면 '여기 학교 더 알아보고 싶다.' 하는 기준이 나오실 거라 생각됩니다.

저도 그렇게 하나씩 리스트를 만들기 시작했고 제가 만든 기준에 학생 수가 중요했습니다. 많은 활동도 좋지만, 시골유학의 장점이라 생각한 부분이 적은 학생 수의 가족 같은 분위기를 손꼽았기 때문에 저에게는 적정한 인원의 학생 수가 선택사항으로 들어갔습니다.

개인마다 기준이 다를 수 있으니 찾으시면서 각자의 리스트를 만들어 보시면 좋을 것 같습니다. 그리고 실제 학생 수와 홈페이지 학생 수가 차이가 크게 나는 곳들이 있습니다.

3월 시작 학생 수로 올라와 있는데 1년 동안 학생 수가 증가한 때도 있고, 지역에 큰 이슈가 생기면서 많은 학생들이 전학을 가는 경우도 있습니다. 학생 수의 차이가 있을 수 있으니 전화 상담 시 꼭 확인해 보시기 바랍니다. 단, 학생 수가 중요하지 않으신 분들은 학생 수보다는 학교의 프로그램과 상황을 살펴보시는 게 더 중요합니다.

상담 전화를 하면서 '내가 너무 늦은 것은 아닐까?' 불안감이 들기도 했습니다. 그러나 '지금이라도 가는 것이 다행이야!!!'라고 생각을 바꾸었더니 시골유학에 대한 마음이 더 편안해졌습니다. 이왕 가기로 한 거 지금이라도 늦지 않았다고 잘했다고 생각하고 싶었습니다. 그리고 전화 상담으로 학교의 특성화되는 부분도 여쭤보고 실제 상담 일정을 잡았습니다. 홈페이지와 찾은 자료에서는 굉장히 마음에 드는 학교가 있었는데 실제 가서 상담하고 보니 제가 예상한 것과 다른 곳도 있었습니다.

학교 홍보용으로 나오는 사진과 실제 활동 간의 차이가 나는 것을 보고 꼭 상담하러 가야겠다고 생각했습니다. 그리고 제가 결국 선택한 학교는 처음 찾았을 때(검색)는 가장 마음에 드는 학교는 아니었습니다. 실제 상담을 통해서 제일 마음에 든 학교였습니다.

이렇게 작성된 상담리스트에 맞춰 직접 상담하러 갔습니다. 전화 상담으로도 가능하다고 하시는 학교들도 있습니다. 대신 친절히 상담해 주시니 너무 걱정은 안 하셔도 됩니다. 전화 상담만 할 경우 지나가시면서 운동장 정도는 둘러보고 가도 되는지 물어봐도 될 것 같습니다. 실제 보는 것과 사진으로만 보는 것이 다른 느낌인 학교들도 있습니다.

리스트를 만드시라고 말씀드리는 이유는 학교를 한두 곳만 상담하시면 상관이 없지만 여러 곳을 다니시면 상담 내용이 섞이는 느낌을 받게 됩니다. 리스트를 만들어 놓으면 덜 헷갈리기도 하고 상담을 다니시다가 본인이 원하는 부분이 이 부분이구나 알게 되기도 합니다.

시골 작은 학교 리스트를 만드는 것만으로도 상당한 시간이 필요합니다. 저는 15개 학교의 리스트를 작성해 보았습니다. 온라인 검색을 통해 한번 정리하고 전화 상담을 통해서 정리하고 직접 방문 상담으로 최종 리스트를 작성해 보시면 좋을 것 같습니다. 이렇게 작성한 곳 중에 전화로만 상담한 세 곳을 제외하고 상담했습니다. 방문 상담은 일곱 곳을 다녀왔습니다. 직접 다니시다 보면 내 아이와 맞는 곳 같다 생각되는 곳이 있을 것입니다.

앞장에서도 말씀드렸지만 저처럼 힘들게 온 경우는 드문 것 같습니다. 열다섯 곳씩 검색하고 상담해야 하는 것은 아닙니다. 모두 저보다는 좀 더 쉽게 시골유학을 오시길 바라는 마음입니다.

시골유학을 준비하시는 분들 상담리스트를 활용하여 자료도 모으시고 정리하시면서 준비하시길 바랍니다. 특성화와 특징 부분들은 상담을 통해 원래 알던 내용과 상담 후 차이가 있는지도 비교해 보시기 바랍니다.

무엇보다 리스트를 작성하실 때 오른쪽 위의 '이것만큼은 꼭!' 부분에 꼭 필요로 하시는 조건들을 기재해 보시기 바랍니다. 예를 들어, 시골유학을 왔지만 영어는 기본으로 해야 한다고 생각되시면 '원어민 교사가 꼭 있어야 한다.' 정도 기준을 잡는 것입니다. 영어 방과 후 프로그램을 보시거나 화상영어를 하는 기준들을 살펴보시면서 그 기준에 맞는지 보시면

됩니다.

　작성하신 기준이 학교를 선택하게 되는 큰 이유가 될 것이고 결국 장·단점들을 고려했을 때 각자의 기준이 중요한 부분이라고 생각됩니다.

시골유학 상담 TIP

우리 아이 학교 선택은?

이것만큼은 꼭!!!

- ☐
- ☐
- ☐
- ☐
- ☐
- ☐

	학교	연락처	학생수	학구	특성화/특징	상담일/상담
상담 전	H초등	033 -111 -2222	공홈(32)	공동학구 or XX리만 가능	골프, 영어	10/11 (전화)
상담 후			실제(42)		전학년 오케스트라	10/13 방문)
상담 전						
상담 후						
상담 전						
상담 후						
상담 전						
상담 후						
상담 전						
상담 후						

240

내 아이와
가장 잘 어울리는 곳을
찾아라!

　자 그럼 상담이 끝나셨다면 최종적으로 학교를 선택하셔야 합니다. 저도 시골유학이 결정되었다고 했을 때, 주변 분들이 선택의 이유를 물어보셨습니다. 어느 지역을 선택했는지. 학교 선택의 이유는 무엇인지 알려드리겠습니다.

　저는 상담을 하면서 기준이 3가지가 생겼습니다. 첫째, 적정한 인원(기준은 각자 정하시는 기준으로)의 학교를 추린다. 둘째, 한 학년에 4명 이상이 다녀야 한다. 셋째, 방문 상담 후 우리 아이가 가장 좋아했던 곳을 찾는다. 이렇게 3가지 기준이 있었습니다.

　찰리 체리 데리고 일곱 곳을 다녔습니다. 1번은 전화 상담과 인터넷 검

241

색에서 정리되고 2번의 경우 방문 상담하면서 정리가 되었습니다. 상담한 곳 중에서 찰리 체리가 가장 좋아했던 학교로 결정하였습니다. 아이들이 좋아하기도 했지만 제 마음에도 1순위였던 곳이었습니다.

저는 학교운영 프로그램이나 학사 일정 이외에도 선생님들에 대한 부분을 생각했습니다. 제가 정한 학교에서는 상담도 잘 해주셨지만, 학교에 대한 믿음과 멀리서 오셨다고 조심히 가시라고 연락을 주셨습니다. 세심한 부분까지 챙겨주시는 것에 제가 마음이 많이 기울었습니다.

상담을 꼭 받으시라고 말씀드리는 이유는 상담하면서 '우리 아이 학교구나.' 생각되는 학교가 있기 때문입니다. 저는 인원에 대해 유난히도 많은 신경을 썼습니다. 찰리와 체리가 연년생이기에 서로 학교에서 같은 학년으로 다니는 일을 만들 수 없었습니다.

제가 선택한 이유 중에 상담하러 가서 결정하게 된 부분이 있습니다. 학교에서 하는 여러 가지 프로그램 중에 전교생이 함께하는 '자전거 라이딩'이었습니다. 함께하기 위해 3월부터 틈틈이 자전거 연습을 하고 자연과 친구와 함께 바다를 보러 가는 길 자체가 아이들에게 행복이겠다는 생각이 들었습니다. 그리고 모든 학교의 상담 후에 찰리 체리와 이야기를 나누어 보았습니다.

"어디가 가장 좋아?"

"자전거 타고 인라인 탈 수 있는 곳이요!"

"거기가 왜 좋을 것 같아?"

"자전거 매일 탄대. 인라인도 타고 나무 타기도 한대요."

저와 아이들이 느끼는 부분이 비슷하게 느껴졌던 것으로 생각됩니다. 최종적으로 찰리 체리와 제가 선택한 학교가 같았습니다.

제가 검색과 상담을 하면서 제외한 곳들의 예를 들어보겠습니다. 양양의 N 초등학교와 I 초등학교가 정말 마음에 들었습니다. 그러나 이 두 곳은 아빠가 터미널에 내려서 오는데 제가 매주 픽업을 가기에 거리가 좀 있었습니다.

그래서 두 학교도 제 선택사항에서 빠지게 되었습니다. 그러나 이제 와서 보니 강릉 터미널로 오는 걸 생각했다면 더 생각해 볼 수도 있었을 것 같다는 생각이 듭니다. 지역적으로 움직일 수 있는 상황까지 한번 살펴보시는 것도 학교를 선택하는 방법의 하나입니다.

그리고 전교생 오케스트라를 하는 S 초등학교는 학교에 다니는 내내 아이들이 정서적으로 안정될 것 같았습니다. 그곳에 다니는 학생 부모님들의 만족도도 높았고, 학교 분위기가 안정적이고 포근해 보였습니다. 아기자기한 마을이 제 마음에 쏙 들었습니다.

그러나 결국 선택하지 않은 이유는 찰리 체리는 체력이 어마어마한 아이들인데 음악이 위주인 학교는 고민스러웠기 때문입니다. 아마도 아이들 성향과 맞지 않을 것 같았습니다. 많은 활동을 통해 에너지를 발산하는 학교가 아이들에게 더 어울릴 것으로 생각했습니다.

시골유학을 찾아보시면 해당 지역의 유명한 학교들이 있습니다. 좋은 학교로 소문난 곳도 좋지만, 무엇보다 나의 아이와 맞는 곳이 가장 좋은 곳이라고 생각합니다. 학교마다 조금씩 다르고 중요시하는 부분도 다른 것 같습니다. 그리고 무엇보다 A학교가 현재 시골 학교로 좋다고 해서 평생 좋은 학교는 아닐 수도 있습니다. 시골유학을 알아보시는 그 시기에 적절한 학교를 찾아보시는 것이 최고의 방법이라고 생각합니다.

한 학년에
4명 이상은
무슨 말이죠?

시골유학을 준비하시는 분마다 기준이 다릅니다. 저의 경우 30~50명 정도의, 한 학년이 10명이 넘지 않는 학교였으면 하는 생각이 있었습니다. 혹시 준비하시면서 나는 좀 인원이 있어도 상관없다고 판단하신 분은 큰 학교도 고려해 보시기 바랍니다.

일부러 10명 미만의 작은 학교를 찾으시는 분들도 계십니다. 이렇게 개인적인 생각이 달라서 무조건 가족 느낌이 나는 작은 학교가 좋다고 말씀드릴 수는 없습니다. 적정한 인원이라는 기준은 시골유학을 준비하시는 아이와 부모님께서 아이의 기질과 성향에 맞춰 정하시는 것이 답이라 생각합니다.

30~50명이라고 정한 것은 정말 개인적인 기준이기 때문에 정답은 없

습니다. 오히려 10명 이하의 작은 학교로 전교생이 정말 가족 같은 학교를 원하실 수도 있습니다. 이런 부분들이 개인적인 차이를 만들고 시골 유학을 하시면서 선택하셔야 할 고려 사항에 들어갑니다.

앞에서 분명 작은 학교가 분위기가 더 좋을 수도 있다고 했습니다. 그렇게 말하고 왜 소규모 학교를 제외하는지 궁금하실 수도 있습니다. 저의 경우 찰리 체리는 연년생입니다. 한 학년에 4명 구성이 안 될 경우 학년이 합쳐질 수도 있다는 것을 상담하면서 확인했습니다. 이 부분은 직접 가서 상담하지 않으면 확인하시기 어려운 부분인 것 같습니다. 학교마다 차이를 보여서 3명인데도 학년이 복식 학급이 되지 않는 경우도 있었습니다.

자연환경과 학교 교실부터 모두 마음에 들었던 학교가 있었지만, 찰리 학년이 상담 당시 2명이라고 했던 학교가 있었습니다. 2021년에는 학년이 합쳐지지 않았지만 아마도 4명이 안 되면 다른 학년과 합쳐질 것이라 하셨습니다. 복식 학급이 될 수 있지만, 100% 보장을 할 수 없다고 학교 측에서 말씀해 주셨습니다.

작은 학교 가족 같은 분위기 너무 좋습니다. 하지만 찰리 체리가 같은 학년처럼 다니는 일이 발생해서는 안 되기에 그럴 가능성이 있는 학교는 과감히 제외했습니다.

찰리 체리가 같은 학년으로 다니게 된다면 행복한 시골유학이 되지 않을 것입니다. 같은 학년이 되면 오빠와 동생의 관계가 더 안 좋을 것으로 판단했습니다. 상담을 다니시다 보면 이렇게 학교가 마음에 드는 것과는 별개로 생각지도 못한 변수가 생기기 마련입니다.

최종 선택을 위해
한 번쯤
학교에 갑시다

"찰리 체리가 이 학교에 다니면 가장 즐거워할까?"

저는 아이들이 잘 맞는지가 가장 중요한 문제였습니다. 그리고 중요한 것 하나가 더 있었습니다.

"아빠가 함께할 수 있느냐?"

아무리 좋은 학교를 선택했더라도 아빠가 오기 힘들어서 금방 지치는 곳은 선택할 수 없었습니다. 아빠가 고속버스를 타고 오기 때문에 터미널과 거리도 저에게는 상당히 중요했습니다.

학교의 선택도 중요하지만, 현실적으로 찰리 체리 아빠가 올 수 있는지도 경험을 해봐야 했습니다. 그래서 직접 오셔서 상황을 보시는 것을

248

말씀드립니다.

제가 1장에서 말했지만, 주말마다 아빠가 오기 가능한지 직접 시뮬레이션을 해보기도 했습니다. 제가 양양을 선택한 이유 중에 서울에서 3시간이 넘어가면 안 된다는 생각이 있었기에 처음에는 고성 쪽을 그리고 양양까지 확대하여 학교를 찾아보게 되었습니다.

시골유학,
집이 먼저
VS 학교가 먼저

차선책을 대비했어야 하는데 3년 전에는 한 가지만 보고 진행하다 보니 결국 실패로 돌아간 거 같았습니다. 다시 결심하고 준비를 하면서 3년 전을 떠올리게 되었습니다. 3년 전에는 왜 실패했을까? 집을 못 구해서였습니다. 학교를 정할 때처럼 내가 꼭 이것만큼은 집에서 필요한 것들을 생각해 보았습니다.

첫째, 학교도 1, 2순위를 정할 것. 둘째, 학교 2순위를 가게 되어도 집이 만족할 만한 경우 2순위로 선택할 것. 셋째, 안전은 무엇보다 제일 중요한 1순위로 가져갈 것.

그래서 내린 결론은 아파트라고 해도 우선 안전하게 생활하고 적응이 되면 새로운 곳을 다시 알아보아도 괜찮지 않을까 생각합니다.

지금도 찰리 체리는 반려견과 함께 마당을 뛰노는 것을 꿈꾸고 있지만 시골유학이 100% 내가 계획한 것과 딱 들어맞는 것은 아니라는 사실을 말씀드리고 싶습니다.

대신 학교생활 끝나고 찰리 체리가 만족할 만한 다른 활동들을 계획하였습니다. 이 지역에서 할 수 있는 다양한 활동들을 계획하는 것이 현실에서 더 맞는다고 생각했습니다.

2년 차 시골유학을 하면서 가장 잘 선택했다고 생각한 부분이 집이기도 합니다. 만약 평일에 아빠가 없는데 혼자 주택을 살았다고 생각하니, 아이들의 시골유학은 즐거웠을지언정 저의 시골유학은 힘들지 않았을까 생각합니다.

도시에서나 시골에서나 비슷합니다. 엄마 아빠가 행복하지 않은 육아의 화살은 결국 아이들에게로 돌아갑니다. 저의 상황에서는 아파트라는 선택이 최선이었음을 지금 와서도 가장 크게 느끼고 있습니다.

그렇게 학교와 집이 결정되고 나면 어느 정도 시골유학 준비가 마무리 단계로 넘어갑니다. 계속 말씀드리는 것은 시골유학을 준비하시는 각 가정의 상황을 생각할 것! 그리고 각 가정에 맞는 시골유학의 장소를 선정하고, 아이의 성향과 부모님의 육아 방향성이 비슷한 학교를 선택할 것, 행복한 시골유학을 위해 부모님의 고생이 최소로 되는 집과 학교를 구할 것. 이것을 기억해 주시길 바랍니다.

엄마들의
이야기

엄마들의 이야기는 평소에 엄마들과 수다를 떨던 부분들이다. 우리가 생활하는 이야기니까 그대로 담아보고 싶었다. 그게 가장 시골유학을 잘 보여줄 거로 생각했다. 이야기들을 나누면서 시골유학을 하는 보통의 집과 우리 집이 다르지 않다는 것을 알았다. 다들 비슷한 생각과 마음으로 시골유학을 하고 있으며 아마도 다른 지역의 시골유학도 크게 다르지 않으리라 생각한다. 지금부터 엄마들의 수다로 시골유학 생활을 경험해 보시기 바란다.

양양 유학 온
엄마들의
최대 적은?

하얀 : 다들 텃밭 다녀왔어요? 지난주에 텃밭 다 망가져 버린 줄 알았는
데, 가서 보니까 텃밭이 다 살아났어요. 마른 가지들이 다시 통통
해졌어요. 가서 채소들 따 가요.

마리 : 오늘 또 고기 먹어야겠네. 진짜 일주일에 2번은 고기에 쌈에 고추,
오이, 가지 계속 먹으니까 진짜 주방이 쉴 틈이 없어요.

은모 : 난 오늘 가지밥 해야겠다. 다른 것 해 줄 필요가 없어. 애들이 가지
밥만 해줘도 알아서 잘 먹으니까 가지 잔뜩 넣어서 가지밥 하면 될
것 같아요.

성미 : 저녁을 안 먹으려고 했는데, 이러니까 오늘 또 밥을 먹어야겠네요.

하얀 : 우리 너무 배부른 소리 하는 거 같아요.

은모 : 지금 도시에서는 다들 상추 비싸다, 채소 비싸다 그러면서 사 먹지
　　　도 못하는데 우리는 고기만 사면 되잖아요.

수진 : 저는 여기 와서 좋았던 것은 텃밭 하니까 야채들이 커가는 과정을
　　　보면서 자연식의 식탁에 관한 생각도 많이 하게 된 것 같아요.

하얀 : 자연주의 식단? 뭐 이런 거요?

수진 : 무조건 야채만 먹자! 이런 건 아닌데요. 우선 애들한테 정말 농약
　　　을 하나도 치지 않은 야채들을 먹일 수 있잖아요. 그리고 야채를
　　　먹이려고 하다 보니까 당연히 고기도 같이 먹게 되기도 하고요.

성미 : 우리 애들은 가지를 정말 안 먹는 애들이에요. 수확하는 날은 아이
　　　들이 직접 키운 거라고 알려주기도 하고요. 같이 가서 자기들이 물
　　　을 주고 그러니까 당연히 소중하게 생각하는 건 있는 거 같아요.
　　　그래서 가지를 안 먹던 애들이 가지밥은 먹고 있잖아요.

미선 : 우리 애들도 오이, 호박 안 먹던 애들인데 먹게 돼요. 난 요리를 진
　　　짜 못하는 엄마인데 어떻게 해서든지 텃밭에서 가져온 거 먹어야
　　　되니까 뭐 해줄까 고민하게 되는 것 같아요.

하얀 : 나는 특히 주말에 신랑이 오면 같이 먹으려고 두었다가 먹는 것도
　　　있고, 6~7월에는 진짜 주말마다 고기에 쌈 싸 먹고 그랬던 것 같
　　　아요.

수진 : 저는 도시에 있을 때보다 신랑이랑 이야기할 시간이 많아진 것 같

256

아요. 부부끼리 대화가 많이 늘어난 것 같은 느낌도 들어요. 그래서 좋았던 것 같고요.

은모 : 제철 음식에 대해 생각하게 된 것 같아요. 그리고 자연 그대로의 재료들도 먹는 방법에 대해 많이 생각해 본 것 같아요. 난 조개를 이렇게 먹는 줄 몰랐잖아요.

성미 : 와하하하! 우리 이번 여름에 조개 다들 지겹게 먹지 않았어요?

미선 : 동해에서 조개가 이렇게 잡힌다는 걸 처음 알았잖아요.

은모 : 째복이에요. 여기서는 조개를 째복이라고 부르더라고요. 애들이 나가서 일용의 양식을 가지고 오잖아요. 바다 나가면 알아서 놀면서 먹을거리도 가져오는 거잖아요.

성미 : 째복도 그렇고 텃밭도 그렇고 진짜 음식에 관한 생각 많이 했던 것 같아요. 우리는 도시 있을 때 시댁에서 채소는 거의 다 보내주셨어요. 그때는 크게 생각이 없었던 것 같아요. 주시니까 먹는 거구나 이 정도였어요.

수진 : 저도요. 시댁에서 보내주셨는데 직접 내 손으로 하니까 이렇게 힘이 드는 거구나 알게 되었어요. 그러니깐 버릴 수가 없더라고요.

하얀 : 맞아요. 저도 예전에는 시간 지나면 버렸었어요. 여기서는 최대한 버리지 않고 다 먹으려고 노력하기도 하고 애들도 같이 먹으려고 하고 있어요.

텃밭 수확 작업을 하고 있는 찰리

마리 : 진짜 그 노력을 많이 하고 있어요. 내가 살면서 이런 경험을 안 해

　　　보았으면 채소 우습게 버리고 그랬을 거예요. 그런 소중함을 알게

　　　되는 것 같아요.

하얀 : 우리 수박이 이번에 자랐어요!!!

수진 : 우리 애들도 봤대요!!

마리 : 어머! 나도 다음에 가서 봐야겠다.

은모 : 후식까지 키우는 거예요?

미선 : 이래서 살이 찌나 봐요. 여름이니까 우리 복숭아도 먹어야 하는데

　　　말이죠.

성미 : 시골유학 와서 많이 체감하는 것 중의 하나가 계절이에요.

마리 : 저도요! 특히 절기가 딱 느껴지는 것 같아요. 시간이 어떻게 흘러

　　　가고, 이 시기에 무엇을 해야 하는지 알아가요. 그러다 보니 자연

　　　에 관한 생각도 깊어지는 것 같아요.

수진 : 저는 대도시에서 살지 않았어도 자연에 관한 생각을 못 하고 그냥

　　　자란 것 같거든요. 그런데 신랑은 시골에서 자라서 그런지 별걸 다

　　　알아요. 개구리가 너무 울어서 "왜 이렇게 울어대는 거야?" 했더니

　　　논에 물을 대서 그런 것이라고 알려주는 거예요. 제가 "시골에서

　　　자라서 되게 똑똑한데." 이랬어요.

하얀 : 나는 그런 자연스러운 것들을 이제 배우는데 아이들은 나랑 같이

배우는 거잖아요?

성미 : 맞아요! 우리는 마흔이 넘어서 느끼는 것들 경험하는 것들을 아이들은 지금 우리보다 더 자연스럽게 하고 있다는 것이 중요한 것 같아요.

마리 : 난 몸이 안 좋아서 여기 오게 되었어요. 이렇게 건강식 만들어 먹고 마음도 편하니 몸이 더 좋아지는 것 같아요.

은모 : 우리 결국 좋은데 살찐다는 거잖아요!!!

마리 : 아이가 하고 싶은 게 무엇인지 알아가듯 엄마들도 여기서 무엇을 하면 좋은지 알아가고 있잖아요. 그걸 즐기고 있으니까 우리가 만족하는 거죠.

하얀 : 그렇긴 해도 진짜 몸 관리도 하긴 해야 하겠죠?

미선 : 양양 너무 좋긴 한데 살찌는 게 너무 무서워요!

돈이 없어서가 아니라
시간이 없어서
누리지 못하는 것들

하얀 : 시골유학을 다시 온다고 하면 애들 몇 학년 때 오는 게 좋을까요?

미선 : 아이들 뛰어놀게 하려면 저학년 때 와야 하는 좋을 것 같아요.

성미 : 나도 그렇게 느꼈어요. 우리는 시골유학을 이야기하는 거니까 어린이집은 제외하는 건가요?

은모 : 우리 집의 경우는 유치원, 초등, 중등을 다 경험했잖아요. 나는 우리 셋째 어린이집 다닌 거 너무 좋았어요. 초등과정도 좋았지만 진짜 행복해하고 어린이집 매일 가고 싶다고 한 아이는 우리 집 막내예요.

성미 : 우리 둘째도 너무 좋아했어요. 5, 6, 7세가 같이 다니니까, 아이들이 섞여서 난 싫어할 줄 알았어요. 은모 님네 셋째 너무 귀엽다고 이야기해 주고, 7세짜리가 동생들 챙기고 그러는 거 보니까 난 유

치원 과정도 마음에 들어요.

하얀 : 여기 양양만 여러 가지 혜택이 있는 것인지 모르겠는데 양양에서 진행하는 프로그램 신청하려고 하면 3학년이나 4학년 이상은 돼야 모두 신청할 수 있는 것들이 많잖아요.

수진 : 고학년 이상 신청해야만 하는 것들은 좀 아쉬운 면들이 있어요. 여기 처음 올 때는 초등학교 저학년이 학교에서 할 수 있는 게 더 많을 거라고 생각했어요.

마리 : 그렇긴 하지만, 이게 시골유학이라는 게 학교를 기준으로만 따지는 게 아니라 시골 전체의 시스템이나 활동도 다 포함해야 하는 거 아니에요?

미선 : 초등 저학년 때는 학업에 대한 걱정이 정말 없잖아요. 그래서 다양한 방과 후 프로그램이나 체험이 좋았어요. 고학년 이상은 학교 밖에서 활동하는 것도 만족도가 높은 것 같아요.

성미 : 현재는 아이들도 부모님들도 대부분 학교생활이 만족스럽지 않아요? 나는 그렇게 느꼈어요. 전반적으로 학교생활도 양양 생활도 만족도가 높다고 생각해요.

은모 : 맞아요. 우리가 만약 학교에 대한 마음이 들지 않는다고 해서 양양 여기가 싫다고 하는 건 아니잖아요. 여기서 우리가 주말에 애들 야구하는 것, 카누 타는 것, 다른 활동하는 거는 마음에 들잖아요.

공원에서 함께 고구마 줄기를 까고 있다

하얀 : 다들 도시보다 더 만족해서 여기 있는 거 아닌가요?

마리 : 체육활동을 이렇게 많이 할 수가 없어요. 활동 범위가 많이 커지고 아이도 자기가 생각할 수 있는 범위가 넓어진 거 같아요.

수진 : 우선 신체를 많이 써서 그런지 체육활동만 하는 것으로 보이겠어요. 운동하는 활동 말고도 아이들 코딩대회나 방학에 도서관 프로그램도 신청하면 어느 정도 다 할 수 있잖아요.

하얀 : 너무 웃긴 말인 것 같아요. 양양은 시골이고, 더 좁은 동네이고, 할 것이 없을 것만 같은데 아이들 사고는 확장된다는 느낌이잖아요.

미선: 나는 자존감이나 이런 것도 좀 많이 커지는 것 같아요. 치열하지 않아서 그럴 수도 있다고 생각했어요.

은모 : 양양에서는 도시보다 상 받거나 대회 나가는 기회들이 많아서 아이들이 그런 면에서 자존감이 생기는 거 아닐까요?

성미 : 우리 애들을 BMX 시키면서 나중에 커서 취미랑 특기를 물어보면 이렇게 답할 것 같아요. 저희 애 취미는 야구고요, 특기는 BMX예요.

미선 : 아하하하. 그럼 우리 애는 취미는 클라이밍이고요, 특기는 사격이에요.

은모 : 우리 애들은 뭐 할까? 여름에는 서핑, 겨울에는 스노우 보드, 평소에는 랜드 서핑이라고 하면 되는 거예요?

266

수진 : 우리 집 애들은 야구해야겠어요.

하얀 : 수진 님네 아이들은 코딩을 잘하잖아요. 작년에도 상 타고 올해도 군수상도 받았잖아요. 그럼 우리 찰리는 야구랑 서핑이라고 해야겠어요.

마리 : 이 동네 뭐예요. 아주 다들 선수들이 많아요.

하얀 : 저번에 아이들 카누랑 요트 배우는데 거기 선생님들이 아이들 제대로 교육해서 대회 나가자고 하시던데요?

성미 : 진짜 너무 할 게 많아요. 주말에 엄마 아빠 나눠져서 애들 봐주러 가야 하기도 하고 주말이 너무 바빠요.

미선 : 다 무료로 선택해서 배우니까 좋지요~ 도시에서 지금 애들이 하는 활동을 다 배우려면 비용도 많이 들어요. 그리고 환경이 주어지기 어렵다는 걸 알잖아요. 그런데 여기서는 종목 정하고 신청만 하면 웬만한 건 다 배울 수 있으니까 진짜 좋은 것 같아요.

하얀 : 여기서 여유 있기도 한데 여유가 없기도 해요. 미선 님도 엄청 바쁘잖아요. 뭐 하느라 그렇게 바빠요?

미선 : 여기 교육이 좋은 게 너무 많아요. 양양에서 사는 동안 이곳에서 하나라도 배우고 남기고 싶어요. 혹시 알아요? 여기서 진짜 제2의 인생이 시작 될 수도 있다고 생각해요.

은모 : 결국 또 똑같아! 애들이나 우리나 여기서 할 수 있는 게 많으니까

다들 가만 있지를 않는다니까요.

마리 : 여기에 와서도 아이들이 자라는 데 도움이 되는 유효한 경험이 있
기도 하고 그냥 흘려보내는 경험이 있기도 한 것 같아요. 우리는
부모니까 현재 상황에 충실해야 하는 것이고, 무엇을 할지를 고민
하는 것이 우리의 역할인 것 같아요.

이렇게 힘든데도
시골유학
하는 거야?

은모 : 지금 이빨 7개가 없어요. 어금니가 옆으로 나와서 이미 나와 있던 어금니를 밀어버렸어요. 밀어버리니까 그 옆에 이뿌리가 녹아서 흔들렸어요. 치과를 가야 하는데 방학 동안에 아이들 스케줄이 바빠서 방학 마지막에 빨리 예전 다니던 병원으로 다녀왔어요.

성미 : 어머, 여기서 치과 다니는 것이 정말 힘든 것 같아요. 치과 어디로 가세요? 그리고 이가 아픈 것도 문제인데 우리 애들은 교정도 해요. 여기서 교정을 해야 하나 아니면 원래 다니던 곳에서 해야 하나 결정이 힘든 거예요.

은모 : 지금은 3주에 한 번 오라는데 몇 개월 동안 왔다 갔다 할 수 있을지 모르겠어요. 그냥 방학 때마다 검진하고 방학에만 다녀오는 것은

가능해요. 지금까지 했으니까 괜찮은데 몇 개월 동안 이렇게 자주 가는 것은 너무 힘들어요.

성미 : 우리 집 큰애는 원래 살던 곳에서 교정 기간이 몇 개월 안 남아 있어서 양양 오기 전에 다니던 곳에서 마무리를 지었어요. 둘째가 이제 시작이라는데 저도 계속 고민 중이에요.

하얀 : 나는 우리 체리 옮겼잖아요. 전원 신청했어요. 아토피를 꾸준히 관찰도 하고 그래야 하는데 한 달에 한 번도 쉽지 않았지만 힘들어서 결국 전원했어요. 도시에서 대형병원 경험이 없으면 지방 병원도 다닐 만 할 것 같아요. 그런데 도시에서 큰 병원을 경험하고 나니까 비교가 안 될 수가 없더라고요.

미선 : 그렇죠. 하던 게 있으면 옮기기도 힘들고 도시랑 비교하게 될 수밖에 없어요.

하얀 : 병원을 옮겨도 또 고민이에요. 병원을 딱 옮기는 순간 도시와 너무 차이가 확 나니까 내가 잘하고 있는 건가 생각이 들어요. 차라리 힘들어도 왔다 갔다 해야 하나 생각하게 되더라고요.

은모 : 웬만하면 나도 6개월에 한 번 가는 정도는 도시로 가려고 해요. 우리 첫째는 드림 렌즈라서 6개월에 한 번 검사해야 하니까요.

성미 : 정말 시골에서는 의료상의 부분은 어느 정도 마음을 내려놓고 있어야 하는 것 같아요.

미선 : 양양이 아닌 더 시골에서도 다 아이들 키우기도 하는데 내가 너무 예민하게 구는 것인가? 생각이 들기도 해요.

수진 : 여기는 소아청소년과가 따로 없잖아요. 의원이나 내과에서 다 보는데 우리가 도시에서 당연히 소아청소년과라는 곳을 다녀서 더 불편하게 느끼고 있는 것 같아요.

은모 : 우리 그런 거 알면서도 계속 있는 거잖아요. 병원이 가장 불편하고 힘들면서도 상황에 맞춰서 내가 좀 움직이지 뭐. 이런 생각으로 아이들 키우는 거잖아요.

수진 : 병원이 가장 힘든 것 같기는 해요.

하얀 : 그거 말고도 조금씩 힘들다고 느끼는 것도 있지 않아요?

수진 : 저는 학교 친구 수가 적다 보니까…. 인원이 적은 게 좋기도 한데 그게 또 힘든 점이기도 해요. 두 아이가 느끼는 게 다르니까요. 한 명은 괜찮다고 좋다고 하고 또 한 아이는 마음 맞는 친구를 찾는 게 처음에 힘들었다고 해요. 도시에서 있을 때 친구가 무척 마음에 들었는데 양양 와서는 찾고 싶어도 남자친구가 5명밖에 없으니, 처음에 힘들어했죠.

미선 : 우리 애는 축구를 너무 좋아해요. 눈 떠서 축구 보고 축구와 관련된 활동 하자고 하면 다 좋다고 하는데 양양 와서는 축구할 친구가 없는 것이 문제였어요.

남대천에서 낚시하다가 잠시 쉬고 있는 찰리

마리 : 양양에 유소년 축구단도 있지 않아요?

미선 : 있기는 하지만 또 여기 와서 작은 학교에서 그나마 학교 친구들이
랑 좀 지내다 보니 다른 초등학교 아이들이 있는 축구에는 가기가
싫은 것 같아요. 그래서 야구하게 되긴 했지만, 그것도 새로운 경
험이라고 생각하고 있어요.

수진 : 저희 둘째도 처음에 야구 안 간다고 했었는데 지금은 매일 야구를
가겠대요. 엄마도 좀 쉬자고 해도 안 된대요. 아이들이 시간이 좀
필요했던 것 같아요.

성미 : 워낙 아이들이 적다 보니 마음을 표현할 친구가 없어서 초반에 힘
들게 느끼는 것 같아요. 저희 아이도 BMX 하다가 야구하면서 처
음에는 야구 가기 싫다고 하더니 지금은 찰리랑 캐치볼 하는 재미
에 빠졌어요.

하얀 : 나는 작년에 양양에 왔는데 같은 아파트에 친구가 하나도 없는 거
예요. 물론 학교에서 오랜 시간을 보내고 오니까 괜찮을 거라고 생
각했어요. 5시에 와서 저녁 먹고 할 일을 하고 쉬고 나면 집에서의
친구는 없어도 괜찮을 거라 생각한 거죠. 그런데 여유 시간이 있을
때 엄마가 놀아주지 않으면 바로 나가서 놀 친구가 없으니까 못 놀
더라고요.

마리 : 놀려고 해도 성향이 정말 제각각이라서 사실 비슷한 친구를 찾는

274

다는 것이 어려워요. 남자애들 5명인데 자기랑 성향이 비슷한 친구가 있다는 게 더 신기한 거지요~

하얀 : 찰리네 반 친구들을 두고 E냐 I냐 이야기를 나누는데 너무 웃겼어요. 5명 중에 한 명도 비슷한 성향을 지닌 친구가 없어요. 어떤 친구는 E가 50대 50, 또 다른 아이는 E가 90이잖아요~ 수진 님네는 I성향이 70인 걸로 보여요. 뭐 이게 맞는다고 할 수는 없지만요.

은모 : 우리 지금 5학년 8명인데 8명 성씨가 다 다른 거 알아요? 난 우리 애랑 그 이야기 하다가 빵 터졌잖아요. 심지어 담임선생님 성까지도 다 달라요. 9명이 보이기에 비슷한 부분이 하나도 없어 보여요.

수진 : 그러면서도 잘 지내는 것도 재미있고 신기하지 않아요?

성미 : 양양에서의 생활이 좋다가도 병원 갈 때 되면 힘들기도 하고, 애가 친구 찾을 때 또 힘들기도 하고 그런데 학교생활은 만족스럽고 그러네요.

마리 : 그렇지. 그게 반복이지만 좋은 게 더 많은 거잖아요. 어디나 힘들지 않은 삶이 어디 있어요. 이렇게 말하면서도 무엇보다 병원 좀 해결되면 좋겠어요!

인생이
내 마음대로
되나요?

마리 : 우리 1년 더 연장했어요.

모두 : 어머~ 1년 아니고 더 계시는 거 아니에요?

은모 : 다들 5학년 끝나면 갈 거예요?

미선 : 우리는 아빠가 옮기게 되면 같이 옮겨야 하나 고민이 되기는 하는데, 난 여기가 너무 좋아요. 그래서 아빠만 옮기고 우리 셋은 양양에서 좀 더 있을까 생각을 하고 있어요.

수진 : 저희도 내년 여름까지 생각하고 있는데 6학년 졸업을 여기서 해야 하는지 그게 고민이에요. 2학기에 다시 가서 애가 적응이 더 안 될까 싶기도 하고요.

마리: 사실 나는 나를 위해서 처음에 선택했는데(건강의 문제로) 그 과정

에서 세상을 보는 눈이 달라진 것 같아요. 내 세상이 달라진 거잖아요. 나를 둘러싼 부분들이 달라졌고, 내가 걱정해야 하는 게 달라지고, 내가 신경 쓰는 부분들이 여기 오면서 순식간에 바뀌어 버렸어요. 이렇게 쉽게 바뀔 수 있는 것이었는데 도시에서 왜 그렇게 동동거리면서 살았는지 모르겠어요.

성미 : 아이에 대한 관심이 늘기도 했지만, 아이 나름대로 자기가 하고 싶은 것이 무엇인지, 무엇을 하면 즐거운지에 대해 계속 고민하게 되는 것 같아요.

하얀 : 그러면 여기 와서 무엇을 찾아가고 있는 거예요?

마리 : 그렇죠. 찾아가는 중이죠. 우리 시대는 경험 이런 거 별로 없잖아요. 하라는 공부하고 다녀야 했잖아요. 학교 다니고 직장생활하고 그게 다였지요. 오히려 지금 너무 다양하게 살고 있잖아요.

미선 : 나도 양양에 와서 아이를 키우기 위해 성장하고 있고, 나를 성장하려고 배우는 중이에요. 그리고 계속 고민을 하는 게 중학교도 작은 학교를 보내면 어떨까 생각을 계속하고 있어요. 그런데 졸업하고 바로 가야 하는지도 고민해요.

수진 : 그럼 6학년 2학기까지 다니고 졸업시키러 다시 도시 가실 예정이에요?

은모 : 그건 우리가 결정하기 어려운 부분들도 있어요. 예전 집으로 이사

를 다시 한다고 해도 가까운 학교에 자리가 없으면 전학이 안 되는 거예요.

성미 : 그럼 6학년 2학기 배정받기 전에 이사를 해야 하네요? 아니면 양양에서 졸업하면 도시에 있는 집 앞으로 못 가고 멀리 있는 학교에 배정받을 수도 있는 거네요?

하얀 : 자리가 없으면 못 들어가는 거지요. 나도 여기서 6학년 졸업시키고 싶은데 찰리가 졸업하고 가면 먼 거리에 있는 어떤 학교로 배정받게 될지 모르는 거예요.

마리 : 지역마다 달라서 전화해서 학교에 먼저 확인해 봐야 해요. 6학년 이동은 어떻게 되는지 알아봐야 해요.

수진 : 그럼 양양에서 졸업을 못 하는 거네요.

성미 : 아직 먼 이야기라고 생각했는데 오늘 처음 들었네요.

은모 : 그리고 지역별로 다를 수도 있어서 6학년 1학기에는 잘 알아봐야 해요.

미선 : 은모 님네는 여기서 사업을 하고 있으니까 아이들 여기서 졸업하고 남는 거 아니에요?

은모 : 우리는 다시 가더라도 비평준화라서 성적으로 들어가야 해요.

마리 : 그럼 시험을 보고 들어가야 하는 거네요. 여기서 도시 아이들처럼 공부를 안 했는데 원하는 학교에 간다는 것도 쉽지 않겠어요.

수진 : 저는 시골 작은 중학교에 가는 것도 생각 중이에요. 양양에서 작은 중학교를 다녀도 되지 않을까요?

성미 : 작은 중학교마다 각자의 특징이 잘 보이는 설명회 같은 것이 있으면 좋겠어요.

하얀 : 양양에서 작은 중학교에 대한 관심도 많은 것 같더라고요.

마리 : 그러면 당연히 '우리 학교의 자랑은 무엇이다.'라고 알려 줄 거예요. 우리는 그런 정보가 없으니까 작은 중학교가 어떤 좋은 점이 있는지 모르잖아요.

미선 : 작은 중학교에 다녀야 할지 다시 도시로 가야 할지 여기서 졸업시켜야 할지도 아직 다 몰라요.

하얀 : 우리도 그래요.

은모 : 여기 모두 다 그렇지요.

수진 : 한 번 경험을 해봐서 그런지 이제는 어디라도 갈 수 있을 것 같아요. 어느 지역을 간다는 게 크게 두려운 느낌이 없어요.

성미 : 해봐서 그래요. 처음에 평생 사는 곳을 떠난다는 게 어렵지 않은 사람이 어디 있겠어요. 그런데 와서 살아보니까 다 사람 사는 동네잖아요.

마리 : 우리 3년 뒤쯤 여기 남아 있을 사람은 누가 있을까요?

하얀 : 너무 궁금하네요. 우리 3년 뒤에 진짜 양양에서 만나는 걸로 해야겠어요. 여기에 있든지 없든지… 모여야겠어요.

수진 : 와 진짜 재미있을 것 같아요. 우리 3년 뒤에 꼭 만나요.

바다에서 먹는 라면이 최고라는 아이들

어떤 점이
좋아서
고민하게 되는 걸까?

성미 : 우리 아까 이야기했잖아요. 아이들이 우리랑 같이 배우고 있다고
　　　한 거요. 아이들이랑 남대천에서 낚시하는데 깜짝 놀랐어요. 각자
　　　본인 낚싯대 미끼는 자기가 껴야 한다고 말했는데 아이들이 알아
　　　서 다 미끼를 끼더라고요.

하얀 : 나는 못하는 걸 아이들은 하고 있어요. 얼마 전에 우리가 낚시하고
　　　있는데 아이들이 카누 타다 말고 4~5명이 우르르 오게 되었어요.
　　　낚싯대가 없는 거예요. 나무막대기만 주워서 낚싯대 연결하고 찌
　　　연결해서 주니까 알아서 하더라고요. 그 과정에서 아이들이 알아
　　　서 나무막대를 찾기도 하더라고요. 상황 대처를 잘하더라고요.

수진 : 바다를 가도 그렇고 남대천에서 노는 것도 그렇고 아이들 운동이

282

며 학교에서 교육받는 것이며 작은 사회에서 아이들이 잘 어울려서 지낸다고 생각했어요.

은모 : 다양한 상황이 만들어지니까 또 그걸 해결하는 능력들도 생기는 것 같아요.

마리 : 난 여기 오기 전까지는 내가 이런 삶을 살 줄 몰랐어요. 애들도 시골유학하고 나도 시골유학 중인 것 같아요. 애들도 그걸 느낄까요?

성미 : 지난주 도시에 있는 병원에 가면서 우리 애랑 같이 찰리도 데리고 갔었어요. 치과에 올라가려고 엘리베이터를 타고 올라가고 있었어요. 아이들이 거울에 비치는 본인 모습을 보더라고요. 주변에 다른 애들이랑 다른 걸 느끼는 거예요. 아무리 봐도 시골에서 올라온 티가 나는 거지요.

마리 : 아이들 시커멓고 우리 시골 아이들이다 딱 느끼는 거네요.

성미 : 그런데 시골 애들 티가 나서 위축되는 것이 아니라, 약간 특권같이 느끼는 게 보이는 거예요. 우리 시골에서 왔다. 자랑하는 애들처럼요. 난 그냥 옆에서 보고 있는데 매우 보기 좋았어요.

은모 : 나도 어제 읍내 나갔다가 어떤 차에서 애가 내리는데 누가 봐도 도시에서 놀러 온 애인 거예요. 딱 봐도 옆에 우산 쓰고 뛰어가는 애는 양양 애로 보이는 거예요.

하얀 : 난 남대천에서 노는 애들 보면 바로 구분이 되는 것 같아요. 남대천에서 가지런히 노는 애들은 여행 온 거고, 남대천 안으로 들어가서 온몸으로 노는 애들은 양양 애들인 거예요.

미선 : 무슨 영화에 나오는 그런 장면 있잖아요. 애들 학교 끝나고 가방 옆에 두고 웃통 홀랑 벗어두고 서너 명이 막 물 뿌리고 노는 장면은 누가 봐도 양양 애들이지요.

마리 : 엘리베이터 앞에서 애들 반응이 너무 웃기네요.

성미 : 어디 진짜 해외 유학한 것도 아닌데 아이들이 스스로 뿌듯해하는 거예요. 귀엽기도 하고 아이들도 시골 생활이 좋구나 생각했어요.

은모 : 양양이 아니라 도시에 있었으면 힘들게 학원에 다닌다는 사실을 아이들이 알고 있지 않을까요?

미선 : 아~ 엘리베이터에서 너희는 학원 가는데 나는 시골에서 와서 병원 간다는 이런 느낌일까요?

하얀 : 그런 부분이 좀 걱정이 있기도 해요. 우리 아이들 학원이라는 시스템 개념도 없고 레벨 테스트 이런 것도 한 번도 경험이 없어요.

은모 : 우리 큰애 6학년 졸업할 때 막 레벨 테스트 다니고 그랬어요. 신랑이 그러더라고요. 이렇게 한창 좋을 나이에 학원 끝나고 바로 학원 갔다가 주말에는 하루 종일 있는 생활은 아이들이 너무 안타깝다고 하더라고요.

마리 : 다시 도시를 간다는 게 아이들 웃음이 없어지는 느낌이에요. 어디 가두는 느낌이기도 하고요. 그래서 난 결국 시골유학을 연장했잖아요.

은모 : 나는 벌써 3년 차예요!! 원래는 1년만 하고 돌아가려고 했는데 지금은 아빠까지 온 가족이 여기 다 와 있어요.

성미 : 다들 느끼는 그 순간은 다르지만 비슷한 느낌 아닐까요?

하얀 : 내가 책을 쓰려고 사진이랑 영상이랑 보고 있어요. 사진 보다가 내가 웃고 있는 거예요. 얘네 진짜 너무 좋겠다고 생각했던 사진은 수학여행 사진이 있어요. 제주도에서 찍은 사진 보는데, 아이들 표정이 모두 좋아 보이더라고요. 안 좋은 사진은 한 장도 없어요.

미선 : 우리 첫째가 살가운 아이가 아니에요. 양양에서 제주도도 가고 친구들이랑 시간이 생기니까 나한테 좀 살가운 느낌이 들더라고요.

은모 : 내가 얼마 전에 학교에 가서 우리 애를 기다리는데 다른 애들이 와서 나한테 다 인사를 하고 가는 거예요. 그리고 기다리는 동안에 우리 애 이름을 부르면서 다른 애들이 형 불러올까요? 이러기도 하고 스스럼없이 형들이랑 동생들이랑 어울리는 게 너무 보기 좋은 거예요.

하얀 : 우리 찰리가 유치원 동생들 엄청나게 예뻐해요. 체리한테는 안 그러는데 유치원 동생들은 너무 예쁜가 봐요. 그런 거 보면 또 새로

운 모습이기도 해요.

성미 : 텃밭 가던 날 비행기 하나 가지고 노는 모습을 멀리서 봤어요. 5학년, 4학년, 3학년, 1학년 유치원생이 모두 비행기 하나 가지고 5명이 노을 지는 풍경에 뛰어노는 거예요. 너무 예뻤어요.

하얀 : 나중에 아이들이 양양을 어떻게 그렸으면 좋겠는지 생각해 본 적 있어요?

은모 : 여기에서의 추억과 기억만으로도 아이들이 크면서 자기들의 힘이 되지 않을까 싶어요. 여기에서의 모든 이야기가 좋은 밑거름이 되지 않을까 생각해요.

마리 : 사실 도시에 있었으면 지금 우리가 하는 모든 것들 못한다고 봐야 하지 않을까요? 바다에서 모여서 노는 것도 좋고 아이들 운동하는 것도 좋고요.

성미 : 지금 친구들이랑 "하조대에서 몇 시에 만나!" 이러고 만나잖아요. 어디 놀이터에서 만나는 것처럼 몇 동 앞에서 만나도 아니고 하조대에서 만나. 죽도에서 만나. 이렇게 하는 것들이 그냥 할 수 있는 생활이 아니잖아요.

하얀 : 추억이 생기니까 나중에 어른이 되어서 쉬고 싶다 힐링하고 싶다 생각이 들 때 가장 먼저 떠오르는 장소가 양양이지 않을까 생각해요. 그런데 우리도 그러지 않아요?

미선 : 여기를 못 벗어나겠어요. 아이들이 커서도 시골유학 이야기 할 때

　　　특별한 기억이고 경험이 될 것 같아서 남아 있는 거죠.

성미 : 친구들끼리 타임캡슐 이런 거 하면 좋을 것 같지 않아요?

은모 : 너무 좋은 생각이다. 너무 우리 시대 이야기 아니에요?

마리 : 우리 애들 수능 보는 날 만나면 진짜 재미있겠다.

하얀 : 우리 애들이 안 만나면 우리끼리라도 만나면 되지요!

미선 : 양양에서 애들도 애들인데 우리가 친구가 많이 생겼잖아요.

노을 지는 학교에서 함께 비행기를 날리다

인생의 선택에는
기회비용이 따른다

나도 지금 10년 정도 대학에 강의를 나가고 있다. 가서 수업을 하다 보면 대학에서도 학생들을 평가할 수 있는 방법이 성적대로 줄 세우기 해서 점수를 줄 수밖에 없다. 대학에서도 이런데 중·고등학교는 더하겠지 싶었다.

학교에 출강을 하면서 '우리 아이는 대학을 가더라도 자기가 원하는 곳에 가서 진짜 공부할 수 있는 대학을 가면 좋겠다.' 하는 생각이 든다. 그러려면 우선 틀에서 나와야 했던 것 같다. 그리고 그 틀을 깨고 나왔음을 알리는 것은 시골유학이었다. 여기서 나는 매일 고민을 한다.

"1년을 더 있을까? 아이 초등학교 졸업은 양양에서 하는 게 좋을까?"
"첫째를 졸업시키고 둘째 6학년 보낼 동안 첫째는 서울로 보낼까?"

"완전히 새로운 곳으로 갈까?"

"기숙사 학교를 알아볼까?"

"작은 중학교도 너무 좋던데….."

나는 작은 중학교를 계속해서 고민을 하고 있다. 그래서 작은 중학교만의 매력이 무엇인지 경험한 엄마들한테 자주 묻는다. 또는 시골의 작은 중학교는 어떤 매력을 가지고 있는지 찾아보는 과정을 하고 있다.

내가 이렇게 도시 밖에서 계속 키우고자 하는 것이 나중에 도시에서 자라지 못해서 부족한 부분이 생길 수도 있을 것이라 생각한다. 인공지능 시대에 살고 있는 우리 아이들은 단순히 수학, 과학만 잘한다고 해서 살아갈 수 있는 게 아니라고 판단이 되었다.

오만 가지 생각이 매일 반복된다. 올 때보다 더 복잡한 머릿속을 갖게 된 것 같다. 하지만 그 복잡함은 우리가족이 단단해지고 풍요로운 삶을 살기 위한 복잡함이라 생각한다.

시골유학의 연장은 좋은 점도 있겠지만 어쩌면 내가 생각하지 못했던 부족한 점들이 시간이 흘러 알게 될 수도 있을 것이다. 그 선택은 내 몫이고 인생에서 다 좋은 것만 있는 것이 아니라는 것을 알고 있다.

양양에서 살기 전엔 시골이라서 단순할 줄 알았다. 그런데 이곳에 정착한 여러 사람들의 이야기를 들으면 누구 하나의 사연도 흘려들을 수 없었다. 도시에 있을 때는 서로의 이야기를 나눌 때 많은 부분들이 숫자로 이루어져 있었다.

"몇 평 살아요?"
"학원은 몇 개 다녀요?"
"하루 몇 시간 공부해?"

숫자들로 삶을 이야기 할 수 있는 부분들이 많았던 것으로 느껴진다. 숫자로 말할 수 있는 시골이야기가 아니라 삶에 대한 이야기를 나눌 수 있는 시간이 있었다.

각자 아이들과의 생활과 시골로 오는 과정에 대한 생각을 나누면서 울컥하는 순간들이 있었다. 다들 비슷한 또래의 엄마들이 비슷한 아이들을 데리고 와서 생활하는 것이 생각과 다르게 흘러가는 것도 있을 것이다. 40여 년 동안 도시에서 자라서, 시골에 관해 아무것도 모르던 엄마 아빠들이 아이들을 위해 생활 터전을 옮긴다는 것이 어려운 일이다. 하지만 시골유학을 오신 모든 부모님들이 각자의 상황에서 선택한 것이 대단하다는 생각이 들었다.

그리고 그 선택에 있어서 하나는 얻으면 하나는 버리는 것도 있음을 기억해 주셨으면 한다. 여러 가지 이유로 시골유학을 선택했지만 한 가지 공통점은 아이들을 위해 결정한 것이지만 와서 보니 그것이 오롯이 아이만을 위한 시간은 아니라는 것이다. 각 가정에 인생의 터닝 포인트가 되는 것이 시골유학일 것이라 생각한다.

시골유학을 꽤 많은 분들이 오고 있다. 그 가운데 내가 책을 쓰게 된 이유는 무엇인가 기록을 남기고 싶어서였다. 평범한 아빠 엄마가 평범한 아이들 데리고 시골로 왜 가는 것인가? 그리고 그 기록은 왜 남기고 싶은 것인가? 아이들의 교육을 위해 선택한 길로 인생의 다양한 길을 보게 되었다고 말하고 싶어서였다.

그리고 다양한 길 중에 하나를 독자 여러분들께서 '참 재미있게 사네.' 하는 마음으로 봐주시면 좋겠다. 인생에서 잠시 다른 길을 선택해 보는 것도 인생을 사는 방법 중 하나구나 생각해 보시면 좋겠다. 나의 터닝 포인트 양양에서 시골유학 하시는 부모님들을 응원하며, 그리고 시골유학을 계획하고 꿈꾸시는 모든 부모님을 응원하며 이 책을 마친다.